Opal
オパール文庫

年の差溺愛
おじさま教授のみだらな独占欲

山野辺りり

プランタン出版

※本作品の内容はすべてフィクションです。

プロローグ

夕暮れに染まる空は、朱と藍がグラデーションを描いていた。

特別珍しくもない光景なのに、何度目にしても息が詰まるほど美しい。

見落としがちな日常の風景は、ふとした瞬間心を捕らえて揺さ振ってくる。何でもない日々のありふれた景色。だがそれが得難い奇跡の一瞬でもあった。

柔らかな茜色に照らされた何もかもが見惚れずにはいられない。

思わず足を止めた男は、アトリエ内の人影に気がついた。

もう生徒は全員帰ったと思っていたのに、まだ残っている者がいたとは。

丁度今日が課題の提出日だったので、てっきり大半の学生は解放された気分で帰路についたと思い込んでいた。

だが彼女は講評会で指摘された点を、早速手直ししていたらしい。

絵の具で汚れたつなぎを身に着け、床に転がる葵（あおい）の姿に洋治（ようじ）は苦笑する。

長い髪を無造作に括り、化粧気は皆無。それでも二十歳にもならない若さが、彼女をみすぼらしくは見せていなかった。

むしろ生命力とやる気に満ち溢れている。たとえ床に転がりうたた寝をしていても、だ。

普通なら、うら若き乙女が無人の教室で無防備に寝こける様はぎょっとするが、こと美大ではよくある光景である。それこそ珍しくない、見慣れたもの。

作品の製作途中に力尽き、どこでも横になってしまう。

女子の比率が高いことも原因なのか、彼女たちは平然と学内のそこかしこで仮眠する。

もっとも男子学生に至っては、大学の敷地内に住み着く猛者もいるくらいだから、束の間床に転がって惰眠を貪る程度は可愛いものだ。

とはいえ、大の字で眠る女生徒を放置するわけにもいかず、洋治は嘆息と共に教室内へ足を踏み入れた。

置かれたキャンバスには一枚の絵がかけられている。

若い情熱と夢をぶつけた、葵らしい伸びやかな作品だ。それでいてどこか、迷いのようなものも垣間見える。

彼らを導く准教授の一人として微笑ましく感じつつ、洋治は彼女の横にしゃがみ込んだ。

大人と子どもの狭間にいる学生たちは、四捨五入すれば四十になる自分が既に失ったものを沢山持っている。

それは根拠のない自信であり、無鉄砲さ、可能性と呼ばれる類のものだ。

若さ特有の全能感と言ってもいい。

危ういバランスで駆けてゆく彼らを見守り導くのが、准教授たる洋治の仕事の一つである。そのためにも眼前の女生徒を無視できなかった。

「……真崎さん、こんなところで寝ていては風邪をひく。起きなさい」

身体を揺すって起こすのは簡単だが、昨今不用意に異性の生徒へ触れることはセクハラと叫ばれかねない。

仕方なしに声をかけたのだが、ぐっすりと眠っている葵を覚醒させるには至らなかった。

――困ったな。それにしても随分気持ちよさそうに寝ている。……起こすのが、少し可哀想だ。

静寂の落ちる二人きりの空間。

いつもなら、煩いくらいの喧騒が溢れている。常に学生たちの熱気が籠り、人の気配が絶えることが少ないためだ。

美大に通う生徒の大半は芸術に憧れ、いつか自分もその道で生きていきたいと大きな夢を抱いている。

そして、己の才能を信じている者も数多いる。他者とは違う自身を演出し、ここで学べることに誇りも持っていた。

それ故、学内には一種異様なエネルギーが渦巻いているのだ。

けれど今日は、他の教室にもひと気が乏しい。

変わらないのは、アトリエ内に染みついた油絵の具の匂いだけ。嗅ぎ慣れた香りを深く吸い込み、洋治は再度彼女を起こすために口を開きかけた。

「――……」

だが『真崎さん』と呼びかけるつもりだった唇から声が発されることはなく、中途半端に開いたまま固まる。

彼女は至極穏やかな呼吸を繰り返していた。硬い床の上にも拘わらず、熟睡しているのだろう。

あどけなさが残る顔立ちは安心しきっているのか、いつもよりずっと幼く見える。どちらかと言えば普段キリッとした印象のせいか、何故か意外に感じた。

小動物や赤子に抱くものとはやや違う、『可愛い』という感情はどこから来るものなのか。

染めていない黒髪が頬に張り付いているのが邪魔そうで、そっと横に払ってやったのは無意識だ。

つい数秒前肩を揺するのすら躊躇っていたことは、すっかり忘れていた。

理由は分からないが立ち去り難い。洋治はしばし無言で葵を視界に収めた。沈んでゆく太陽の速度が駆け足になる。あと数分もすれば、夜が勝ってしまうに違いない。その前に彼女を起こし、速やかに帰さなければ——と頭では考えていた。

それなのにどうして、空中で止まったままの手は動かないのか。

どうせ髪に触れてしまったのだから、今更迷う必要はなく、とっとと葵を起こせばいいだけ。

彼女はその程度のことでセクハラだと騒ぐとも思えなかった。おそらく、まるで気に留めない。

精々眠そうに目を擦り、『せっかくいい夢を見ていたのに』と文句をこぼす程度だ。まざまざと想像できる。それこそあくびを噛み殺す様まで予想できた。

けれどどうしても身体が動かず、視線は葵に釘付けになったまま。

瞬きも忘れ、洋治は彼女を見つめ続けていた。

——何故。

気持ちよさそうに眠る葵から一瞬たりとも目が逸らせず、食い入るように凝視する。

艶やかな黒髪が描く曲線も、存外長い睫毛が落とす影も、ふっくらとした唇も、瑞々しい肌も全て網膜に焼き付けるかのように。

——描いてみたい。全部。

「……っ」

直後正気に返って強引に引き剝がした視線は、名状し難い罪悪感に満ちていた。後ろめたいことは一つもない。けれど咄嗟に確認したのは『誰にも見られていないかどうか』だった。

自分でも理由は不明だ。

だが説明できない焦燥に駆られる。

その衝動のまま立ちあがった洋治は、傍らの机に持っていたスケッチブックを乱暴に置いた。

「きゃ……っ？」

パンッと思いの外大きな音が教室内に響き、悲鳴と共に葵が飛び起きる。寝起きで、何が起きたのかすぐには理解できなかったのだろう。

数度瞬いて、ようやく自分が洋治に起こされたのを悟ったらしい。

彼女は慌てた仕草で身体を起こし、床の上で正座になった。

「……ぁ、先生……起こすならもっと優しく声をかけてくださればいいのに……せっかくいい夢を見ていたんですよ？」

予測とあまり違わない台詞を漏らし、葵は気まずげに乱れた髪を整えた。

ほんのりと朱に染まった頰が妙に艶めかしい。

噛み殺した欠伸のせいで潤んだ瞳は、洋治の胸を不可思議に騒めかせた。

「……早く帰りなさい。今夜はこれから天気が崩れるそうだから」

「そうなんですか？　それじゃあ、急いで帰ります」

得てして荷物が多くなりがちな美大生だが、葵も例外ではないようだ。

教室の隅に置かれた鞄からは直定規が覗いていた。他にも端末やカメラ等色々あるらしく、彼女が慌てて画材を片付け始める。

その様子を取り繕った無表情で見守りながら、洋治は秘かに強く拳を握り締めた。

1 再会

仕事は、楽しい。

就職難の中、苦労して入った会社で、葵はそれなりに望む仕事を任されている。だから不満を言っては罰が当たるというもの。

とはいえ、たまには疲労感やままならない無力さに押し潰されそうな日もあった。

徹夜して仕上げたデザイン案に全ボツを食らい、そのまま突入した週末を元気いっぱいに過ごせるわけもない。

休日は気持ちを切り替えた方が業務が捗ると分かっていても、葵の思考の大半は週明けの仕事のことでいっぱいだった。

——ああ……自信あったのに……いったい何が駄目だったんだろう？　もっとポップな色使いの方がよかった？　それとも万人受けを狙うべきだったの？　いやでもそれじゃ印

象に残らないし……

その他大勢の案に埋もれてしまえば、尚更採用されるはずがない。

だが最終判断を下すのは、大抵の場合年配の男性である。ならば保守的な方が正解だったのかもしれないと葵は頭を掻き毟りたい気分だった。

このところいつもこうだ。最終選考まで残っても、あえなく却下されてしまう。

それが顧客のニーズを捉えられていない自分のせいなのは分かっている。けれどどうにも『上』の判断基準と世間のセンスとの乖離を感じずにはいられなかった。

――おじさんたち、ちょっと感覚が古いんじゃない……？　――なんて、自分の非を認められない私自身に一番腹が立つんだけど……

結局のところ、渾身の自信作が選ばれなかったことへの八つ当たりにすぎず、悪いのは自分ではないと言い訳したいだけだ。

時代遅れの経営陣へ責任転嫁したい醜さを、葵自身が誰より自覚していた。

――駄目だ……独りで悶々と考えていると、余計に自己嫌悪で沈み込みそう……

一人暮らしのマンションの部屋に籠っていては、一層気分が落ち込んでゆく。

新たなデザイン案を考えるにしても、どうにも気持ちが乗らず、時間ばかりが過ぎてしまう。そうこうするうちに尚更暗い気持ちになり、葵は気分転換のため外出を決めた。

刺激を受ければ何かいい案が思い浮かぶかもしれない。

そんな微かな希望に縋る以外なかったことが恨めしい。

とはいえ、お洒落をして化粧をし、街を歩けば鬱々とした心は多少なりとも晴れていった。

賑やかな店舗を冷やかして、見知らぬ人々を観察し、美味しいものを食べれば、ひたすらパソコンに向かって唸っているよりは健康的だ。

時間と労力を消費したからといって、等価交換で素晴らしいアイデアは降ってこないのである。

ならば今日は思う存分、プライベートを楽しもうと気持ちを切り替えた。元来、お一人様で過ごすことには慣れている。一人でショッピングするのも、食事するのも葵は厭わなかった。

美大を卒業して五年。

残念ながらアーティストになれるほどの才能が自分にはないと早々に気がつき、一時は目標を見失ったものの、幸いにも第一志望のデザイン会社には就職できた。

同期の中には芸術も美術も関係ない仕事に就いた者も多いから、葵は運がいいのだと思う。

少なくとも、大好きな絵の世界から完全に遠ざからずには済んだのだから。

――今は休みの日に趣味として絵を楽しむ程度だけど……私にはこれくらいの距離感が

丁度いい。

学生時代は二十四時間、三百六十五日どっぷりと芸術の世界に浸かっていた。それこそ絵筆を握らない日は、一日もなかったほどに。

憧れの画家の背中を追いかけて、いずれ自分も肩を並べるのだと夢だけは無限大に膨らませていたのだ。

これでも高校までは地域で一番絵が上手く、神童だ天才だと散々褒めそやされてきた。しかしそんなものは、井の中の蛙でしかない。

大海に出れば、葵など足元にも及ばない『本物』が大勢いた。

突出した才能と情熱を迸らせ、寝食を犠牲にし、人生さえも捧げて一つの道に邁進できる『選ばれた人』が。

そんな煌めく存在を目の当たりにし、数年は必死で追いつくため足掻いても、最終的には認めなくてはならない日が来る。

自分は『ここまで』だと――

――初めは諦めを呑み込むのが辛かった。でも早いうちに見切りをつけられて、今はよかったと思えるわ……

勿論、葵としても簡単に現実を受け入れられたわけではない。子どもの頃から画家になる夢を大事に温めていたのだから、いざその道が閉ざされるのは筆舌に尽くし難いほど悲しかった。

葛藤を繰り返し時には自暴自棄になって、それでも懸命に区切りをつけた結果だ。

——それに……悔しいけれど、『あの人』のおかげでもある。

脳裏に思い描くのは、穏やかで寡黙だった恩師のこと。

彼がいたからこそ、葵は夢を諦めて別の道を探ろうと勇気を振り絞れた。

絵を描くことだけが君の価値ではないと言ってくれ、それでも葵の創るものが好きだと微笑んでくれた人がいたからだ。

同時に、ある意味引導を渡してくれたのも彼だった。

——あの人は……間違いなく『本物』だった——

派手な作品を生み出すのではないけれど、彼の手で創られるものは、いつだって葵を魅了し惹きつけた。

こういうものをいつか自分もと、憧れの眼差しで幾度も模写し、その度に遠い背中を追いかけたものだ。

だが月日が経つにつれ、『いずれ追いつける』という考えは、過ちだと知る日が来る。

他者と自分との差は、自身にもそれなりの力がつかなくては、正確に測ることができない。

分かっていないからこそ、超えられない壁の存在にも気づかずにいられる。残酷で無慈悲な真実。

葵がそれを自覚した日は、大学三年生の冬だった。

いくら時間を費やしても、技術を学びセンスを磨いても、絶対的に手が届かない高み。

自分が彼と同じものを描いたところで、あんなふうには仕上げられない。

静謐な静物画も、どこか物悲しい風景画も、ハッとするほど美しい色彩も全て。あまりにも遠く素晴らしかった。

それでも己の才能の乏しさをすぐに認めることはできなくて、懸命にもがき様々なことにチャレンジもした。

そして——胸を掻き毟る悔しさと絶望の中で、葵は画家の道を諦めたのだ。

だから自分にとって恩師は、最高の憧れであると同時に現実を突きつけてきた相手でもある。更に言えば、新しい道の模索を手伝ってくれた恩人だ。しかもそれに留まらず——

二十二歳になった葵は葛藤しながらも卒業制作を終え、卒業式当日に己の心の内を全て彼に伝えるつもりだった。

感謝と、憧憬。それからもう一つ。ギリギリまで告げるかどうか悩んだ言葉。

けれどもはや胸の中に隠すことは不可能だった。

大学を卒業してしまえば、もうこれまでのように毎日顔を合わせることはない。葵が教え子でなくなれば、彼が自分に時間を割き心を配ってくれることもなくなるのは、簡単に想像できた。

何故ならそれらは、『生徒と准教授』であったからこそ当たり前に享受できた関係にすぎないからだ。

大学という空間にいたから許された距離感。社会に出てしまえば途切れる、か細い繋がり。

だとしたら、この先は別の関係性を築きたいと葵は望んでしまった。二十も年上の男性に恋をしてしまって。

——『先生が好きです』——

震えた己の声は、今も耳に残っている。

人生初の告白。そもそも異性に恋心を抱いたことさえ、それが初めてだった。

当時の葵は、自意識過剰で未熟な子どもでしかない。

疑いもしなかった己の才能がたいしたものではないと知り、生まれて初めての挫折で荒れていた時期、傍にいて支えてくれた大人の男性に惹かれずにいられるわけがなかった。

しかも相手は盲目的に信頼し、憧れていた人。

恋と尊敬が入り混じり、同年代の男性なんて眼中になかった。

自身の猪突猛進さは自覚している。こうと決めたら一直線。しかしそれは、若さ故の無謀な傲慢さも孕んでいたのだろう。

何故なら手ひどく振られる未来なんて、ほとんど想定もしなかったのだから。

彼が長年交際していた恋人と半年前に別れたと耳にして、葵が背中を押された気分になったのは否めない。根拠もなく、受け入れてくれるのではないかと夢見ていた。

けれど冷静に考えれば、彼は二十も年上。

大学側にとって学生は言わばお客様だということすら、頭の中からすっぽ抜けていた。

彼が自分に優しくしてくれるのは、『特別』だからではないという当たり前のことすら見えない、端的に言って幼かったのだ。

頬を染め潤んだ瞳で想いを告げる葵に、一瞬瞠目した彼は困った顔で首を横に振った。

――『真崎さん、それはただの勘違いだよ』――

恋心を吐露し、断られるにしても、想いそのものを完全否定されるなんて珍しいのではないか。葵の気持ち自体『紛い物』だと言われたのも同然だった。

告白を受け入れてもらえない以前に、気持ちの存在自体なかったことにされた衝撃は、今も忘れることなんてできやしない。

あまりのショックで固まった葵に彼が続けて吐いた台詞も、悔しいけれど全部覚えている。

――『君はきっと、己の挫折を別のもので埋め合わせようとしているだけだ。僕に対する気持ちを恋だと錯覚し、それで心の傷をごまかしているにすぎないよ』――

拒絶するにしても、他にもっと言いようはあったと思う。

きっぱり振るのではなく、葵の感情を『なかったこと』にしようとする彼に、愕然とした。

あまりにも不誠実。狡い大人の処世術だとも感じた。

だがその場で何も言い返せなかった自分自身も、彼の言葉を否定しきれない部分があったのかもしれない。

確かに当時の葵は、長年抱いていた夢を手放し、次に夢中になれるものを求めていた。

それは事実だ。社会に出る不安も相まって、心の拠り所を欲していたのは間違いない。

敬愛の念を恋情だと勘違いしたとしても、不思議はなかった。だとしても――

「……別の言い方ってものがあるんじゃない？　振り方に誠実さを求めるのはおかしいかもしれないけど……」

少なくとも葵の恋心を偽物扱いはしてほしくなかった。

彼があの時きちんと向き合ってくれていたなら、行き場をなくした想いが今尚燻ぶることもなかったはずだ。

あれから五年。自分はもう二十七歳になった。

きっと恩師は現在も淡々と講義をし、絵を描いているのだろう。穏やかでありながら親身になってくれ、自分のような女生徒に勘違いをさせていないといいのだが。

――勘違い……なんかじゃ私はなかったけど……

もしこの気持ちが本当に偽りであったなら、今日までこうして引き摺ってなどいない。すっかり忘れた振りをしながら、その実、常に心のどこかに引っかかっているわけがなかった。

彼を意識するあまり、――武藤洋治に関する話題を一切シャットアウトしているのが、最たる証拠だ。

葵にとってもう美術は趣味の域で楽しむだけだが、それでもかつての友人や母校に関する話題は自然と耳に入ってくる。

誰がどんな賞を取ったか。有名ブランドと提携したか。個展を開いたか――華々しい活躍ほど嫌でも目に留まってしまう。

アンテナを張っていれば、尚更だ。

洋治について知ろうと思えば、葵はいつだって彼のその後を知ることができた。

最近、どんな作品を手がけているのか。受賞歴は。学生からの評判は。新しいパートナーはできたのか――

けれどあえて、全ての情報に耳を塞いだ。辛うじて、准教授から教授へ昇進したことだけ風の便りで聞いた。

洋治について知ることを避け、この五年間忘れる努力をし続けて、それこそが囚われている証だと苦笑しつつも。

社会に出て必死に働き頑張ってきた自負は葵にもある。

もう自分は大学という箱の中で守られていた子どもではない。きちんとした一人前の大人だ。

そうやって虚勢を張り『関係ない』と嘯(うそぶ)いてきたのに——

葵は一枚のポスターの前で足を止めた。

そこは、規模は小さいけれどやり手と噂のオーナーが営む画廊。まだ無名の画家の卵が彼に見出され、何人も世界に羽ばたいたそうだ。

葵も学生時代、数えきれない回数ここを訪れたことがある。

純粋に作品を楽しみに来たこともあれば、己を鼓舞するために足を運んだこともあった。

目的なく歩いているうちに、そんなある意味懐かしい場所へ無意識に辿り着いていたらしい。

だがその場から一歩も動けなくなったのは、過去を思い出したせいではなかった。

「……これ……」

短期間限定の個展を現在開催中らしく、ポスターには目を引く絵があしらわれている。

おそらく、作家の代表作でもあるのだろう。

空の青さが印象的な、爽やかでかつ仄かな切なさを帯びた作風。

地味なモチーフでありながら、葵の心を捕らえて放さない。思わず、食い入るように見つめていた。

一目で魅了され瞬きができず、しばし呼吸も忘れる。

理屈ではなく『好きだ』と感性が叫んだ。

けれど理由がそれだけでないことも、葵はよく分かっていた。

繊細なタッチと鮮やかな色彩。そして根底にある物悲しさ。それらには見覚えがある。

いや、ずっと忘れられないものだった。

もはや心は確かめるまでもなく分かっている。

それでも感情と理性は別のもの。否定したい頭は、ポスターに記された作家名を目にして初めて、渋々納得してくれた。

——武藤洋治……先生……

かつての葵は、彼が創り出す世界観に焦がれ、こんな表現をしたいと強く憧れた。そしてたぶん、今も変わっていない。

想いを断ち切った振りをして、引き摺られている。きっかけさえあれば、瞬く間に五年前の気持ちがよみがえってしまうほどに囚われていた。

——先生、昔よりももっと素敵な絵を描いているなんて、狡いよ……

当時より更に心に訴えかけてくる作品の力を感じるのは、それだけ葵が彼に飢えていたせいだろうか。

立ち止まっていた足は、いつしか吸い込まれるように画廊の中へ進んでいた。

さほど広くはない空間に、幾点もの絵が壁にかけられている。

葵が以前見たことがあるものもあれば、初めて目にする作品もあった。

見学は無料らしく、入り口に座っていたスタッフが笑顔で目礼してくる。丁度葵以外に客はなく、圧倒的な静寂が満ちていた。

――ああ……先生の絵だ……。

優しさの中に寂しさを内包した風景。花や動物。描かれたものはまちまちだ。ただし、人物画は一枚もなかった。

昔からそうだ。

彼は人を描くことはなかった。あまり得意ではないのだと、気まずげに語っていた姿を思い出す。

モデルと向かい合っていると、己の内面を覗き込まれそうで苦手だと冗談めかしていたのが印象的だった。

だったらこれから先も人物画を描かないのかと問うた葵に対し、洋治は『覗き込まれてもいいと思える相手に出会えたら、モデルをお願いするかもしれない』と意味深に返してきた。

――今も人を描かないのかな……だとしたら、『特別』な人はいないということ……？

どこかホッとしている自分の気持ちを持て余し、葵はゆっくり時間をかけて一枚ずつ作品を愛でていった。

何気ない街並み。眠る子猫の姿。洋治が好み何枚も描いていたモチーフである藤の花もあった。

油断していると涙腺が緩み、泣きそうになってくる。

思い出すのは学生時代。よかったことも、辛かったことも。今や全てが懐かしい。それでいて色褪せない全部が、濁流となって葵に襲いかかってきた。

――先生は沢山相談に乗ってくれた。創作に対しては勿論、進路や小さな悩みでも……どんな時でも彼は面倒がらず、葵の話を聞いてくれた。真剣に耳を傾け、今思えばくだらない内容であっても、共に解決法を探ってくれたのだ。

だからこそ、色事に不慣れな子どもだった葵は、簡単に恋に堕ちた。

乱れた心の理由を、一言では説明できない。単純ではない思いは、一つの名前で呼ぶことができないためだ。

気持ちが込み上げる。

――先生……昔よりもっと活躍されているんだ……

こうして個展を開くくらいに画廊のオーナーから認められているに違いない。そのことが妙に誇らしく葵の胸に響く。

自分には無関係だとしても、彼が適正な評価を得ているのだと思うと、昂る思いがあった。

——私ったら、変だよね。でも、嬉しい。

美大の教授には現役のアーティストが大勢いる。しかし人に教えることと自らが芸術を創り出すことはまるで違う。

どちらかと言うと、洋治は学生を指導することに重きを置いているように感じられた。そのことに葵は、常々もどかしさを抱えていたのだ。

——先生ならもっと華々しい活躍ができる。それこそ世界でだって戦っていけると思っていた。

だからこそ、彼がこうして己の表現を磨き続けてくれたことが嬉しい。

未だ腕は衰えるどころか、更に進化しているのだと知れて、嗚咽が込み上げそうになる。

——あれから五年も経ったのに、私はまだ先生のことを……——だって仕方ない。何年経っても、先生以上に尊敬できて惹きつけられる人なんて他にいなかった。ああでも、二度と会うことはないだろうな……先生だって、振った教え子が今更現れたら、煩わしいよね。それとも私の告白なんて、とっくに忘れてしまったかな……？

切ない想像に、鼻の奥がツンと痛む。

彼にしてみれば、葵の恋心などたいした話でもなかったはずだ。二十も年下の小娘の戯言と見做していたかもしれない。真剣に取り合う必要も感じていなかったのでは。

――流石に存在自体は覚えてくれていると信じたいけど……自分で想像して泣けてきちゃう。

だが最後の一枚の前に立った時、葵の涙は完全に引っ込んでしまった。

――え？

そこに描かれていたのは、一人の女性。

眠っているのか目を閉じているため正確な年齢は分からなかった。

しかしまだ十代後半か二十歳になったばかりの年若い娘だ。

全体的に柔らかな茜色に照らされ、大学のアトリエと思しき一室の床で転がる無防備な女。

絵の具で汚れたつなぎは、馴染み深い。きっと葵だけでなく油絵学科の卒業生なら一度は袖を通したことがあるのではないだろうか。

汚れてもいい格好で、思う存分創作に打ち込めるよう、お洒落は二の次、三の次。

親からの仕送りもバイト代も、生活を切り詰めて画材購入に回していた。

だから入学して一年も経てば、身なりに配る気は激減する。

そんなどっぷり美大生になった頃の葵が、そこには描かれていた。

「……私……？」

どこからどう見ても、モデルは自分だとしか思えない。

気持ちよさげに眠る顔も、かつて着用していたつなぎも。無造作に髪を結んだシュシュにすら見覚えがあった。

あれは使い勝手がよくて、当時年中髪を束ねていたものだ。

背景に目をやれば、隅の方に描かれた鞄だって知っている。そこから飛び出す諸々も。

全部、学生時代葵が愛用していたものだった。

「どうして……」

人物画は苦手だと彼は言っていた。モデルに己の内面を覗き込まれそうで嫌なのだと。

だとしたらこれは、葵が眠っているからこそ気にせずに映し取った結果だろうか。いや、そもそもこれは本当に自分なのか。

分からない。

確実なのは、葵が洋治にモデルを頼まれたことはないという事実だけだった。

「……っ」

「――いい絵でしょう？」

突然背後から声をかけられ、葵は驚いて振り返った。

そこには、画廊のオーナーが満足げに立っている。五十手前と思しき彼は、落ち着いた雰囲気の紳士だった。

「ああ、失礼。突然話しかけて申し訳ありません。僕もこの絵が一番好きなもので、つい」

上品な口ひげは、過去の記憶と寸分違わない。オーナーは、数いる美大生の一人だった葵を認識していないだろうが、こちらはよく知っていた。以前は何度もここへ来て、上質な作品を眺めさせてもらったからだ。

「ぁ……、は、はい……」

「この画家は寡作で、あまり自分の作品を発表することに欲がないんですよ。今回は友人のよしみで半ば強引に個展を開かせたんです」

「そう、なんですか……？」

洋治が数年に一度展覧会に作品を出品し、その度に受賞していたのは知っている。だが確かに、彼自ら売り込む姿は想像できなかった。

いい絵が描ければそれでいい、そんなスタンスだったのかもしれない。ガツガツとした印象はまるでなく、いつも鷹揚に微笑んでいた洋治が葵の中で思い出された。

「あの……でも……この方は人物画を描かなかったと思いますが……」

「おや、よくご存じですね。ひょっとして武藤のファンですか？」

「いいえ。その、教え子です……」

「ああ、なるほど。ではあの美大の学生さんだったんですね」

合点がいったと言いたげに、オーナーは何度も頷いた。そして絵と葵の間で視線を往復させる。

軽く瞳を眇めた気がするのは、こちらの気のせいだろうか。

「……おっしゃる通り、彼が人を描くのは珍しいです。僕が知る限り、課題か依頼でもなければ初めてじゃないかな。——あ、僕はあいつと美大で同級生だったんですよ。もう二十五年も前のことですけどね」

「え……」

洋治にだって青春時代があったのは当然だ。

けれどどうにも想像できず、葵は忙しく瞳を瞬いた。

「武藤は間違いなく才能がある奴なのに、如何せん上昇志向が乏しくてねぇ。僕としてはもどかしい限りです。もっと積極的に売れる絵を描けば、すぐにでも注目されるのは確実なのに……」

昔馴染みであるオーナーですら洋治が人物画を描くのは珍しいと言ったことで、葵はますます混乱した。

ならば、この絵はいったいどう解釈するべきか。

——てっきり私だと思ったけれど、ただの自意識過剰かな……だって、先生が私をモデルにする理由がないもの……

偶然、似ているだけ。さもなければ葵の期待が事実を曲解している。

けれど何度見返しても、描かれている女性は自分だとしか思えなかった。

――仮に、もし私がモデルだとしても……きっとたいした意味はない。

そう己に言い聞かせるも、葵の視線は問題の絵画から逸らせなくなった。見れば見るほど『これは私だ』と確信が強まってゆく。

しかしだからと言って、何がどうだという話でもなかった。

――先生がお元気に活躍されていると知れただけで、よかったじゃない。これ以上は踏み込まない方がいい。

互いのためにも、これまで通り忘れた振りをしてそれぞれの場所で生きてゆくのが正解に決まっている。どうせもう関わることはない人だ。

消せない恋情を抱えたまま鬱々とするのは葵の性に合わなかった。五年前、自分の恋は無残に手折られ、全て終わったのだから。

「……あの、私これで失礼します……素晴らしい作品を拝見できて、嬉しかったです」

このままここにいては、あらぬことを口走りそうで、葵は強引に踵を返した。

それでも全力で後ろ髪を引かれている。

ぐっと奥歯を嚙み締めて、立ち去ろうとしたその時――

「――だけどね、ここ数年あいつは新作をまったく描いていないんですよ。この女性の絵が、実質最後の作品です」

「……えっ」

踏み出そうとしていた足が完全に止まる。葵がおずおずと振り返れば、オーナーが深く嘆息した。

「何でも、創作意欲が湧かないそうです。スランプなのか何なのか……人生の大半を芸術に捧げてきた男の言葉とはとても思えない。普通の幸せよりもキャンバスに向かっている瞬間に価値があると、公言して憚らなかったのに。下手をしたらこのまま絵筆を置きかねない勢いです」

「まさか……武藤先生は、どこか身体を壊していらっしゃるんですか……っ？」

誠実に絵を描いていた洋治がそんなことになっているとは、とても信じられなかった。

それこそ病を抱えているとしか思えない。

そうでもなければ彼が描くことをやめるのは、想像すらできなかった。

「大病を患ったとは聞いていません。どちらかと言うと、こっちの問題のようです」

言いながらオーナーが自らの胸を叩いた。

いつも悠然としていた洋治が心の問題を抱えているとは到底思えず、困惑する。しかし自分は彼の何を知っていると言えるだろう。

本気の告白は軽くあしらわれて、まともに取りあってももらえなかった。

当て嵌まる関係は『教授と学生』でしかない。

だとしたら、長い友人関係にあるオーナーの言葉の方がよほど信憑性があった。

「……武藤先生が、そんな……」

「僕としては、是非彼にこれを描いた時の情熱を取り戻してほしいのですが」

じっと絵を見つめたオーナーの視線が意味ありげに葵へ流された。それともそう感じたのは、こちらの勝手な思い込みなのか。

判断できる材料は、葵にはない。

けれど急く思いに衝き動かされ、葵はオーナーに頭を下げた。

「すみません、急用を思い出したので、これで失礼します……！」

特に急いで帰らなければならない理由はなかった。だがじっとしていられなくて早足で画廊を後にする。

頭の中は一つの思いでいっぱい。

外へ出た時にはもう、葵は小走りになっていた。

——先生に、会いたい。今すぐ行かなくちゃ……！

合理的に考えれば、意味不明だ。たとえ絵のモデルが自分だったとしても、今更彼と顔を合わせなくてはならない理由にはなり得ない。むしろ気まずさの方が勝っているかもしれなかった。

仮に会ったところで何を言うつもりなのかも判然としない。

モデルは自分かと問いかけて、『違う』と否定されたら目も当てられないではないか。恥の上塗りだ。

だがこの瞬間に限って言えば、葵には洋治と再会する以外の発想はなかった。今すぐ。とにかく急いで洋治に会いたい。

今後二度と会わないと覚悟していたことも忘れ、駆ける両足はどんどん加速してゆく。

卒業式の日以来、固く鍵をかけて閉ざしていた扉は、いとも容易く開いてしまった。後のことは改めて考えればいい。

すっかり鳴りを潜めたと思っていた自分の猪突猛進さは、健在だったようだ。いつもは冷静であろうとしても、一度スイッチが入ると止まれなくなる。

本来なら、真っすぐ前しか見えない視野の狭さは大人になると共に矯正しなければならない欠点かもしれない。がむしゃらさが褒められるのは、精々二十歳前後までだ。

だが抑えられない胸の高鳴りは、あまりにも正直だった。

こんな高揚感を味わうのはいつ振りか。

考えて、五年前が最後だったかもしれないと思い至り、葵の口元が苦笑に歪んだ。

――心が震えたのは、久し振り――

仕事は充実しているし、楽しい。それでも大学時代の煌めきとは似て非なるものだった。いつからか、自分はあの頃の気持ちを忘れていた気がする。

――それとも、先生への恋心と一緒に封じ込めていた？

葵は飛び乗った電車に揺られ、通い慣れた道を急いだ。

五年前までは、ほぼ毎日重い荷物を背負って歩いていた場所。周囲に建つ店は、学生御用達ばかり。

安くて美味しい飲食店。品揃えが桁違いの画材店。生徒の溜まり場と化していた居酒屋。

ほとんど変わらない街並みに、『帰ってきた』心地がしたのは錯覚なのか。

緩やかな傾斜を上り正門を潜れば、かつての学び舎が寸分違わぬ姿で葵を出迎えてくれた。

もう学生ではない身でも、もともと生徒の年齢層が広いおかげか、葵の姿が校内で浮くことはない。

その上週末なこともあり、学内にはあまりひと気がなかった。

――勢いでここまで来てしまったけど……よく考えたら、先生が学校にいるとは限らないよね……

本当なら今日は休校だろう。それでも彼は大学内にいる気がした。

――だって、昔もそうだった……

洋治は『どうせ家にいても仕方ない』と淡く笑い、よく誰もいない教室内で絵を描いていた。

そんな彼の背中を目撃できた日は、葵にとって幸運を見つけたのも同然。一日中、ドキドキが治まらなかった。

スランプ気味なら、今はかつてのように時間さえあれば創作活動に勤しんでいるのではない可能性もある。しかしその考えを葵はあえて頭から排除した。

平日よりずっと静かな校舎内は、どこか空気がひんやりしている。

そして、大好きな絵の具の匂いに心が湧き立った。

目指すのは、洋治が大抵過ごしていたアトリエ。彼はそこから見る夕日が好きだと言っていた。

——そう言えば、あの絵もたぶん、同じ教室じゃないかな？

葵と思しきモデルが眠っていた場所。

洋治がお気に入りだと言っていたから、葵も当たり前のようにそのアトリエが大好きになった。そして好んで使うようになったのだ。

——だとしたらやっぱり、あれは私？

そうであったらいい。けれど期待すると、違った時に余計傷つく。

告白を軽くあしらわれて以来、おそらく自分は臆病になっている。すっかり守りの態勢

もはや大学の『お客様』ではない葵に職員である洋治が『サービス』を施す理由はない
ただの教師と教え子。それも五年前に終わった関係。

――そもそも、私に聞き出す権利はない――

答えを聞ければ、満足なのか。ひょっとしたら、彼は言いたくないことかもしれないのに、自身が納得するために傷を抉る事態になりかねないのでは。

それらの回答を得て、葵自身どうしたいのだろう。

――先生がスランプだと分かって、絵のモデルが私だったとして……だから何なの？

疑問を確かめたい願望は、自己満足でしかなかった。

もしもこのまま洋治のもとへ押しかけて、それで自分はいったい何を言うつもりなのか。

相手に迷惑をかけたくない気遣いも、当時よりは身についていた。

己を客観視できるようになった分、勢いだけでは行動できない。

つい先刻まで前のめりだった気持ちが次第に冷静さを取り戻している。それは、自分が昔よりも成長している証でもあった。

小走りだった葵の足が鈍り、躊躇う心境がブレーキをかけた。

精神的に負う傷は五年前の比ではないに決まっている。

――また『勘違い』だと言われたら――

が癖になっていた。

のだ。それこそ、時間を割けと要求することすら傲慢だと言えた。

——馬鹿みたい、私……結局は先生に会いに来る理由が欲しかっただけじゃないの？

あんな別れ方をしたから、ずっと顔を合わせる勇気が出なかった。

今日画廊での出来事に背中を押された心地になったけれど、実際は『これ幸い』と体のいい理由付けをしただけではないのか。

そんなことを考えれば、葵の足は完全に止まっていた。

——これ以上恥を晒さないうちに、帰ろう……

今ならまだ、『何もなかった』ことにできる。

このまま誰にも会わず、帰路につけば。そうしてまた忘れる努力を重ねればいい。

——五年で足りなかったなら、また数年頑張ればきっといつかは先生のことを忘れられる。時間が解決してくれるに違いない。そうしたら——

「——……真崎さん？」

渋く落ち着いた、男性の声。

二十代や三十代では出せない艶と重みを孕む響きが、葵の耳を擽（くすぐ）った。

ずっと何度も心の中で繰り返しては、再び聞くことはないだろうと諦めていた声音。それが鼓膜を震わせたことに、少なからず動揺する。

ゆっくり振り返った葵は、廊下に立つ洋治と向かい合った。

「武藤先生……」

「驚いた。随分久し振りだ」

穏やかな微笑を浮かべた彼には、かつて自分が振った女との再会を気まずく感じている様子はなかった。

それを喜べばいいのか悲しめばいいのか分からない。

ただ説明できない気持ちが、葵の内側を騒めかせた。

会いたくて、でも会えなかった、今尚胸に深く突き刺さる棘のような人。

洋治にとって葵は、大勢いる教え子の一人でしかないのが伝わってくる。その事実が痛みと安堵をもたらした。

「誰かに会いに来たのかい？」

まさか彼が目的だとは、夢にも思っていないらしい。

葵は互いの間に温度差を感じ、曖昧に笑みを取り繕った。

「……はい、そんなところです」

──武藤先生に会いたかったと言ったら、困った顔をされてしまう？

意地の悪い考えが、頭を過らなかったわけではない。

むしろ困らせてやりたいような加虐心も頸を擡げた。けれどそんな衝動はどうにか呑み下す。

葵はさりげなさを装って一歩彼へ近づいた。

「たまたま近くを通りかかって、懐かしくてつい」

「卒業しても顔を出してくれる者もいるよ。時間があるならお茶でもごちそうしよう。よかったら僕の研究室においで。コーヒーを淹れてあげる」

微塵も気負った様子のない口調は、洋治が本当に葵に対して思うところがないことを窺わせた。

あの告白はとっくの昔に消化されているのか。それとも端から覚えていないのか。

どちらにしても彼には『その程度』の出来事だったのだと突きつけられる。

何てことのない過去の一コマにすぎないのだろう。

平然と葵を手招きする洋治の仕草は昔と同じ。

かつてもよくコーヒーを淹れてくれた。拘りがあるのか、彼は自身の研究室にコーヒードリッパーを持ち込んでいる。

それで学生たちにも気軽に振る舞ってくれたのだ。きっと今でも、生徒たちとそういう距離感に違いない。

つまり、葵は『その他大勢の一人』でしかなかった。今も昔も。

——私は、先生に私の告白を断ったことを少しでも気にしていてほしかった……？　だけど変な雰囲気にならず安堵もしている……？

葵にとって五年は短くもあり長くもあった。

彼への恋情を鎮火するには不十分で、会いたい気持ちを制御するには悠久に感じられた。

同じなのは、長短に関係なく、常に真ん中に洋治の存在があったことだ。

――だけど先生には『五年』は数字でしかないのかもしれない……

年を重ねるほど、時間の流れをあっという間に感じるらしい。ならば自分より二十年長く生きている彼には、この五年間は葵より速く感じられても不思議はなかった。

おそらく、最後に会った日も『つい先日』程度に認識しているのでは。

――その間、先生は私のことを一度でも思い出してくれた？

先刻見た絵が描かれたのが何年前かは聞いていない。もしかしたら、葵が在学中の可能性もある。

だが何となく、そうではない予感がした。

――私が卒業してから描いたものなら……その間だけは私を思い出してくれたと信じてもいい……？

独りよがりな思い込みか。まだ何の答えも聞いていないのに、葵の中であの絵のモデルは自分であると半ば確信している。

前を歩く洋治の背中をじっと見つめて息を整え、どう切り出そうか思考を巡らせた。

流石に、二度も相手にしてもらえないのは辛すぎる。燻ぶる恋心が尻込みし、今にも逃げたがっていた。

——せっかくここまで来たんじゃない。それにこうして先生に再会できたのは、運命かもしれない。

今日の偶然がなければ、会いに来ようなんてまだ思えなかった。今も足は遠のいたままだったに決まっている。

たまたま思い出の画廊で短期開催の個展に巡り合い、洋治がスランプ気味だと聞かされた。そして休日にも拘わらず勢いだけで大学へ乗り込んで、彼に再会することができたのだ。

運がよかったと言えばそれまで。だが信じられない幸運の連鎖によって、本当は会いたくて堪らなかった人が目の前にいる。これを奇跡と呼ばず、何と呼ぶのか。

もし一つでもボタンをかけ違っていれば、彼とまた向かい合ってコーヒーを飲むことはなかったはずだ。

数年前から時が止まったかのような研究室内で、葵はひっそりと深く息を吸い込む。

記憶と同じ、埃っぽく雑然とした空間。そして洋治の醸し出す優しい香り。

それらが一気に葵を過去へと誘った。

——ああ……懐かしい……

感情が引き摺られる。未熟故に純粋で、ただひたすら、彼が好きで仕方なかった頃へ。

数えきれない回数、ここで他愛無いお喋りに興じた。時にはバイト先の愚痴を聞いてもらい、また別の時には将来の不安を吐露した。友人との諍いを仲裁してもらったこともある。大勢の学生が集まって賑やかに喋るのを、洋治は少し遠巻きにして見守ってくれたものだ。

けれどいつの頃からか、葵は他の学生を避け、一人でここへ訪れるようになった。何ならひと気のない瞬間を狙い、あえて彼と二人きりになろうと画策した。

――ううん、違う。感情を引き摺られたんじゃない。思い出したんだ……

封印していた葵の恋情が溢れ出す。今も変わらず好きだと、考えるより先に心が自覚した。

何も変わらない洋治がもどかしく、それでいて惹かれずにはいられない。きっと意識しているのは自分だけ。みっともなく動揺し、心を乱している。顔色どころか表情も変わらない彼との、人生における経験値の差を痛感せずにはいられなかった。

「どうぞ。真崎さんは砂糖なしでミルクだけだったね」

「……覚えていてくださったんですか……？」

学生それぞれの好みなど、とても把握していられないだろうに、現役でもない葵のことまで忘れていないのは、驚きだった。

思わず瞠目して洋治を見つめれば、彼はやや照れたように片眉を上げる。

「忘れないよ。――……教え子のことは、全員」

さりげなく付け足された言葉に、失望しなかったと言えば嘘だ。それでも歓喜も込み上げた。

最悪の想定では、葵の存在自体忘却の彼方になっていることも考えたのだから、それと比べれば随分救われる。

つい頬が緩み、葵は差し出されたマグカップを両手で受け取った。

「ありがとうございます」

「どういたしまして」

過去をなぞるやり取りに、胸がときめく。

こんな何気ない時間を、当時はとても大切にしていた。

洋治を独り占めできる僅かな時間を無駄にすまいと、必死に話題を捻り出そうとしたこともある。

けれど気づけば沈黙すら愛おしくなって、二人黙り込んだままコーヒーを飲んだことも少なくない。

おそらく静寂が苦痛でなく、心地よかったせいだろう。

同年代の異性と二人きりになり沈黙が落ちたら気まずいが、洋治が相手であればそれも悪くないと思い至ったのだ。

大人の男性が持つ、圧倒的な安心感。頼り甲斐や落ち着き。

ゆったりと流れる時間に身を任せ、互いの気配だけを感じる。

本をめくる音。キーボードを叩く音。ほんの僅かな風の動き。

咳払いですら、ひどく大切なものに思えた。一つも取りこぼしたくなくて、リラックスしつつ耳を澄ませていたことは否めない。

そんな健気で愚かだった気持ちを思い起こし、葵は自嘲した。

「……先生は今日、忙しくありませんか？　私、邪魔してしまいましたか？」

「いや。今日は整理したい資料があったんだが、思いの外早く終わったから、そろそろ帰るつもりだったんだ。でも家にいても、特にすることもないしね……さっきは煙草を吸いに出ていただけだよ」

他に用事はないと語る彼に、葵はつい視線を揺らした。

かつてであればそんな時洋治は、時間を惜しむように絵を描いていたはずだ。それなのに時間を持て余すようなことを言われ、戸惑いを隠せない。

やはりスランプは真実なのか。

無意識に彼の手を盗み見て、以前はよく指先にこびりついていた絵の具が一切ないことに気がついた。

「……駅前の画廊で、先生の個展をしているのを見ました。先生は同席しなくていいんですか？」

「……ああ、それで訪ねてきてくれたのかい？　特に宣伝はしていなかったのに、よく知っていたね」

「今日、偶然店の前を通りかかって……ポスターを見て、すぐに先生の絵だと分かりました」

「あの画廊のオーナーは友人でね。あんまり熱心に誘われたから、断れなかった」

言外に、乗り気ではなかったことが窺えた。

本来なら、購入希望者が現れることも考え、作家が個展に顔を出す方が自然だ。そうすれば今後顧客を得られる可能性もあるのだから。

それなのに、そんな気はなさそうな洋治の態度で葵は察してしまった。

——先生、本当にもう絵を描いていないの……？

あの素晴らしい世界は、新たに創り出されることがないのか。いくら葵が渇望しても得られなかった祝福を、彼は手にしているのに。そう思うと激しく胸が軋んだ。

告白を雑に扱われた時よりも、心の痛みは大きかったかもしれない。

何故かとても——裏切られた心地がした。

「……武藤先生、最近新作を描いていないのですか？」

「ああ……ちょっと色々忙しくてね」

そこで初めて視線を逸らした彼に、葵は悟らずにいられなかった。

以前の彼なら、忙しさを理由に創作をやめたりしない。寝食を削っても、キャンバスに向かう時間を捻出するだろう。

どれだけ才能に恵まれた人だって、スランプに陥る時はある。凡人でしかない自分ですら、いくら好きでも気分が乗らない日があるのだ。

だからたまには筆を置くことがあるのは分かる。

思うように描けない苦しさだって、葵は理解している。

だが完全に遠ざけて背を向けるのは、違うと感じた。

――辛くても足掻き続けないと、いつか本当に描けなくなってしまう。

数日なら、リフレッシュとして休めばいい。

けれど『特別』である彼らのような人間は、息をするのと同じくらい、表現し続けなくては生きられないはずだ。

食べ物から身体の栄養を摂取するのと同様に、描くことで心の活力を得る。

それなくしては、死んでいるのと変わらないではないか。

むしろ絵筆を握るのは当たり前すぎて、生活の一部であるはずなのに。

「……スランプって、いつからですか」

「何故それを……まさかあいつ……画廊のオーナーから聞いたのか？」

珍しく眉を顰めた洋治が、不快げに前髪を掻き上げた。小声で「お喋りな奴め」と吐き捨てている。

やはり彼にとっては他者に知られたくない秘密だったのかもしれない。

しかしもう後戻りはできないと思い、葵は腹に力を込めた。

「どこか身体が悪いんですか？」

「……いや。健康診断は問題なしだよ。毎回煙草をやめろとは言われているけどね」

おどけた口調は話題を逸らすためわざとに違いない。だがそんなことでごまかされてなるものかと、葵は視線を真っすぐ洋治に据えた。

「だったら、どうして」

「……色々あるんだよ。——理由が分かれば、僕だって苦労しない」

それは紛れもなく本音だろう。

微かに滲む拗ねたような響きが、大人の男性である言葉の隙間からこぼれ出ていた。

「……——あの、人物画を仕上げた時までは、何も問題なかったのですか？」

「——それも見たのか……」

片手で顔を覆った洋治が天井を仰ぐ。

彼の表情は窺えない。それでも上機嫌でないことは確かだった。

「先生……あれは——……私、ですか？」

掻き集めた勇気で、葵は怖々声を発した。

違うと否定されたらいたたまれない。けれどももはや確認しない選択肢はなかった。

数秒の沈黙がどれだけ長く感じられたことか。

永遠にも思える静寂の中、葵は息を凝らして洋治の返事を待ち続けた。

コーヒーの香りだけが張り詰めた空気の中を揺蕩ってゆく。

握り締めたマグカップは、かなり温くなっていた。

「……嘘を吐いても仕方ないな……見れば一目瞭然だ。——そうだよ、真崎さんをモデルにして描いた。そしてアレを完成させてからは、一枚も描けなくなった——」

「……っ」

胸を突いた衝撃に、名前はつけられない。

乱れた心音と共に背中が汗ばむのを感じた。

今耳にした言葉の意味を吟味しようとしても、煩く高鳴る鼓動のせいで上手くいかない。

平静を装っても、動揺が大きくなる。

は、と漏らした葵の吐息は、凝った熱となって空気に溶けた。

「勝手に君をモデルにして済まない。気を悪くさせたなら——」

「そんなことは、気にしていません」

気分を害するはずがない。逆に嬉しくて気持ちを処理できないのが本音だ。だからつい、洋治の言葉に被せて勢いよく否定してしまった。

「……言ってくだされば、いつでもモデルを引き受けたのに……」

「ありがとう。その気持ちが嬉しいよ。いつだったか、教室で眠っていた君が印象的で、気づけば描いていた。だがそれ以降、本格的に気力が衰えたみたいだ。もうあと三年で五十だからね。以前のようにはいかないよ」

「今時、五十歳はまだ若いですよ」

あえて年寄り臭いことを彼が言っているとすぐに勘づいた。微妙に距離を取られていることも。

巧妙に核心をはぐらかす物言いは、葵を煙に巻こうとしているのだろう。

暗に話題を逸らそうとしているのが感じられる。

嘘を吐かれるわけではないが、洋治は本当のことを全て打ち明ける気もないらしい。

誠実なのか、不誠実なのか。

けれどそれもこれもある意味自分を意識してくれているからだと思えば、胸の奥が高揚するのを感じた。

──『勘違い』で括られるより、ずっといい。

きちんと葵を見てくれている。軽んじているのでも無視しているのでもない。気にしているからこそ――あしらいに困っているのだと思えた。

「……そりゃ高齢者と比べたらまだまだ若いかもしれないけれど、真崎さんから見たら、とっくに中年だよ。体力は年々衰えている。創作意欲もね」

そんな発言をする洋治の手も顔も、確かに葵の世代とはまったく違った。皺などは隠しようもない。眼下の膨らみや髪の艶なども、どちらかと言えば親との共通点を見つける方が簡単だった。

同級生や会社の同期とは声のトーンや動きの躍動感も、比べるまでもなく『年齢の差』を感じずにはいられない。

若くはなく、とはいえ、老いと呼ぶほどでもない微妙なライン。

それを『オジサン』と称し忌避する女性もいるのは否定できないし、人によっては同じ年齢でも驚くほど老け込んでいる男性もいるだろう。

――だけど私は……

節の目立つ荒れた手も、張りのない肌も、低い声も全て、好ましいとしか感じなかった。

大人の、しっかりと人生を積み上げてきた男性だからこそ、獲得できた美点だ。

単純に年月が過ぎたところで、きっと誰もがこんなふうに月日を魅力に変えられるわけではないと思う。

生き様はその人の容姿にはっきりと出る。

だらしない日々を消費すれば締まりのない顔になるし、何も考えずただ漫然と生きていれば聡明とはほど遠い面差しになる。

逆にあくどいことに手を染めれば、醜悪な面相になるものだ。

――先生は地に足をつけて生きてきた人だと、伝わってくる……今も五年前も、私はそういう武藤先生が好き。

辛いことや悲しいことを乗り越えて、その度に強く大きくなったことが感じられる。何気ない仕草や、ふとした瞬間に己の力で人生を切り開いてきた自負が垣間見えるためだろう。

過去の経験に裏打ちされた真っすぐな芯。

言葉にするのは難しいけれど、そういう揺らがないものが洋治の内側にはあると思う。

葵が焦がれて止まないのは、まさにそこだった。

大人である彼の魅力に囚われれば、もう同年代の男性なんて『幼い』としか感じられない。

と言っても他に父親世代の男性に惹かれたことはないので、葵が特別『年上好き』ということではなかった。

洋治だけ。

後にも先にも葵が感情を乱される人は、彼以外いなかった。

――煙草の匂いだって本当は好きじゃなかったけれど、先生が吸っていると知ってから嫌いじゃなくなったの……

苦い煙の香りは嫌悪していたはずが、彼の体臭と混じると途端に芳しく感じられた。勿論、ただの錯覚でしかない。

恋する女の盲目さ。きっとそれは今も変わらない。

深く吸った空気の中に懐かしい煙草の匂いを嗅ぎ取って、緊張が僅かに緩んだのが証拠だった。

「先生は、素敵です。昔とほとんど変わっていません」

実際洋治は四十代後半にしては若々しいと思う。

特に若作りしているわけではないが、髪は豊かで黒々としており、体型だって緩んでいない。姿勢は見惚れるほど美しく、所作のどこにも『中年っぽさ』はないのだ。

年相応の落ち着きを兼ね備え、男ぶりが上がっただけで、容色が衰えたとはまるで思えなかった。

――若い頃は誰もが振り返る美形だったと聞いたこともあるけれど……今だって充分素敵。

むしろ若年者には身につけられない渋みがある。

ぎらつきのない理知的な双眸や頼り甲斐を感じさせる穏やかな話し方、上品な仕草は一朝一夕で手に入れられるものではないだろう。

彼の歩んだ結果が、今の洋治を形作っているのは間違いない。

それなら仮に二十年前の彼と葵が出会ったとしても、こんなに惹かれたかどうかは疑問だった。

酸いも甘いも嚙み分けた今の洋治だからこそ、葵は魅了されて止まないのだ。

子ども扱いされ、相手にしてもらえなかった過去があっても、忘れられない唯一の人だった。

「……オジサンを揶揄わないでくれ」

苦笑には、明らかに戸惑いが滲んでいた。そのことが葵に勇気を与えてくれる。

五年前とは違い、仄かな手ごたえを得た気がした。照れる程度に自分を意識してくれていると思うのは、自意識過剰でしかないのか。

「……引退するみたいなこと、言わないでください」

「――否定はできないな。幸い大学教授として安定した職はあるから、食べていかれるのが救いだね。画家一本でやっていたら、死活問題だった。そういう点で僕は、運がいいと言える」

――絵を描くことは楽しい。だけどそれだけじゃない。好きだからこそ、苦しいことも沢山ある。

他者と比べて悩むこともあれば、思うような表現ができずのたうつこともある。

　何度も壁にぶつかって、打ちのめされることも。愛していた芸術そのものが重荷になるほど、残酷なことはない。

それでも断ち切るのが難しい、呪いに似ていた。

まして葵とは比べものにならない才能に恵まれ、この道で生きてゆくと決めた彼なら、描けない懊悩ははかり知れない。

幾度も歩む足が止まり、蹲りそうになっただろうことは、想像に難くなかった。

血を流し、けれど挫けそうになる心に鞭打ち、必死で立ちあがり進んできたはずだ。

——でも今回は諦めてしまうの？

今の洋治からは足掻こうとする意思や焦燥が感じられなかった。まるで全て放棄してしまったかのようだ。

今後二度と絵筆を握れなくても構わない——そんな投げやりな気持ちすら漂っていた。

——それは許せないよ、先生。

葵は、彼を一人の男性として愛している。

しかしそれ以上に画家としての洋治を尊敬していた。だからこそ、全部投げ出そうとしている彼に、かつて抱いたことのない怒りを覚える。

――私にはそんな資格も権利もないと分かっている。とてもひどいことを要求しようとしていることも。だけど――

憧れ焦がれる人に、別の道など歩んでほしくなかった。

洋治が途轍もなく苦しむことになるとしても、また魂まで魅了される作品を生み出してほしい。

おそらくこれは葵のエゴにすぎない。理想の押しつけ。身勝手な要求。

だが一人の芸術家が終わるのを、何もできず見過ごすなんて葵には無理だった。

――逃がしてなんて、あげない。

自分の恋心を否定したことは、まだ許せる。だがどれだけ茨の道であっても、彼が『選ばれた人』だけが歩める道から逸脱するのは受け入れられなかった。

――お節介でも非常識であっても、全力で引き留める。

結果、嫌われても構わない。葵は洋治を男として以上に画家として敬愛しているのだと、強く自覚した。

「……武藤先生、私をモデルにして絵を描いてください」

こぼれた言葉に、一番驚いたのは葵自身かもしれない。

しかし口から漏れた次の瞬間には、妙に納得していた。自分は今日、この台詞を告げるために、押しかけたのではないか。

衝動的に行動し、何も考えていなかったものの、心の奥底では最初から決めていたのでは。

洋治がスランプに陥ったのなら、自分が引き上げてみせる。

どれだけ時間がかかっても、あらゆる手を使って。

彼の作り出す綺麗で物悲しい世界観のためなら、葵は疎まれても悔いはないと思えた。

「何を言って……」

「先生がまた絵を描けるようになるまで、私がいくらだって付き合います。今まで人物画に興味がなかった先生が、私の絵を描いて調子を崩したなら、私にも責任の一端がありますよねっ？」

強引な論理でも、言い切れば妙な説得力を持つ。

無理やり押し切るつもりで葵が身を乗り出せば、気圧された様子の洋治が愕然と目を見開いた。

「君に責任なんて……あるわけがない」

「いいえ。あります。これは世界的な損失です。私は償わなくてはなりません」

惑う彼の瞳が忙しなく揺れる。

しかし冷静さを取り戻されては堪らないと思い、葵はテーブル越しに洋治へ顔を寄せた。

「私、先生が気力や創作意欲を取り戻されるまで、絶対に諦めませんから」

「いや、君には関係ない――」

「あります。教え子として恩師の危機を放っておけません。そんな非道な真似を私に強いるつもりですかっ？」

自分でも言っていることがめちゃくちゃなのは理解していた。それでも勢いを和らげるつもりは欠片もない。逆に更に双眸へ眼力を込め、声を張った。

「言ってみれば、人として当然のことです。困っている人は放っておけません。先生も教師なら、その辺は否定しないですよね？」

「え、いや……ちょっと待ってくれ」

「待てません」

傍からこのやり取りを見ていたら、おそらく葵は完全におかしい人だ。明らかに迷惑がっている相手に対し、意味不明な論理で迫っているのだから。きっと目は血走っている。通常なら、関わりたくない人間だろう。

――でも他人にどう見られようと、どうでもいい。

大切なのは、一つだけ。今洋治と離れれば、たぶん関わる機会は失われる。

会うのが気まずいだけではなく、彼が絵の世界から消えてしまう予感があった。大学で働き続けたとしても、洋治が二度と新たな作品を生み出さないなら、同じことだ。

そして葵は、そんな彼を絶対に見たくなかった。

「決めました。先生がスランプを脱出するまで、私がお世話します。モデルを務めることは勿論、アシスタントや生活の補助まで全部、任せてください。先生、昔から食事は適当でしたもんね。その辺りから改善し、心身を整えていかないと……」

「えっ？」

「そうと決まれば善は急げだわ。私も平日は仕事があるので、この週末で準備します」

葵の記憶では、洋治は絵を描く合間によく菓子パンを齧っていた。学食で食事をすればいい方で、何かに没頭している時には飲み物もろくに取らない有様だったのだ。

これでは調子も悪くなるというもの。根本的な改善が必要だと思った。

「真崎さん……？」

「一度家に帰って荷物を纏めてきます。先生は何時頃帰宅されますか？　あ、住所は以前年賀状をいただいた時と変わっていませんよね？」

「はい？」

こんなにも動揺している洋治の姿は初めて見た。少し可愛いと思いつつ、葵は今後の予定を頭の中で組み立てる。

何はともあれ、彼がこの異常さに気がつく前に行動しなくては。考える隙を与えてはならない。下手に冷静になられては、論破されてしまう。

それを躱すため、葵は呼び止める洋治の声を振り切って、研究室を後にした。

——先生自身が諦めても、私が諦めてなんてあげない。

不思議と葵の足取りは、軽くなっていた。

2 強引な同居

押しかけ女房という言葉が、世間にはあるらしい。

言わずもがな、相手の了承を得ることなく家に乗り込み、パートナーの顔をして居座る行為である。

そんな常軌を逸した暴挙に出る人間など、物語の中にしかいないと思っていた。

だがまさか、自分がそう呼ばれる対象になるとは、驚きである。

葵はキャリーバッグを引っ提げて、武藤洋治の住む家の居間で正座していた。卓袱台を挟んで向かいに座るのは、苦虫を噛み潰したような顔をした彼。この状況が不本意であることがヒシヒシと伝わってくる。

——でも門前払いせず、こうして家にあげて飲み物まで出しちゃう辺りが、武藤先生らしいよね……

そんな彼の優しさにつけ込んでいるのは分かっている。

しかし一歩も引かない覚悟は、とうに固めた。言わば捨て身だ。あらゆる批判は真っ向から受け止めるつもりである。

洋治の自宅は、都会の下町にある一軒家だった。

今は亡き彼の両親が残したものらしい。

こぢんまりとした小さな家は平屋で、緑に囲まれている。庭が広いのは、洋治の祖父の拘りなのだと彼が語っていた。

「……独りで暮らすには充分だが、庭の手入れが結構大変でね。――……それはともかく真崎さん、君の気持ちは分かったけれど、もう自分の家に帰りなさい」

「嫌です」

即答し、葵は洋治が淹れてくれたコーヒーを口に運んだ。

研究室で飲んだものと同じ味がする。自宅でも同じ豆を使っているのだと知り、彼について新しい情報を得られたことが、単純に嬉しかった。

「いくら何でも、非常識でしょう。何故突然、君と僕が同居するという話になるんだ」

「先生がスランプになるからです」

「だとしても、君に何かしてもらう理由はない」

「いいえ。私が原因ですから、解決させてください」

堂々とわけの分からない主張を繰り返す葵に、洋治が絶望と呆れの表情を浮かべる。乱暴に頭を掻き、「あのねぇ」とやや声を荒らげた。

「何度も言っているけど、真崎さんに責任はないよ。これは僕自身の問題だ」

「でも先生、庭の手入れより先に、ご自身の食事を気にされるべきですよね。台所、使っていないでしょう？　まさか冷蔵庫の中で腐っているものとかありませんよね？」

「そ、それは……」

どうやら図星だったのか、毅然としていた洋治の態度が一転挙動不審になった。あからさまに視線が泳いでいる。

これは、融けた野菜や元が何だったのか不明になった塊などを覚悟した方がいいかもしれない。下手をしたら、霜だらけの可能性も高かった。

「……先生、身なりは清潔感があって素敵なのに」

「――そういうお世辞はいらないよ。それに僕の台所事情は真崎さんにとやかく言われることじゃない」

分が悪いと思ったのか、彼が歯切れ悪く言い募る。

その隙を逃すまいと、葵は持参した保冷バッグの中からタッパーを取り出した。

「そんなこともあろうかと、作り置きしておいたおかずを持ってきました。今夜の夕食はこれにしましょう」

仕事が忙しい葵だが、自炊は心がけている。あまり高給取りではないので、節約と時短も兼ね、休日に纏めて大量に作り冷凍している次第だ。

どうせ自宅マンションにはしばらく帰らないつもりだったため、今日はそれらを持ってきていた。

「温めますね。レンジは流石にありますよね」

「待ちなさい、話はまだ……」

「教え子の手料理、無駄にするつもりですか？　解凍しかかっているので、再冷凍すると味が落ちるんですが」

脅しめいた台詞を吐けば、基本的に人のいい洋治は黙り込んでしまった。

そういうところも魅力的だなどと考えながら、葵は勝手に台所へ向かう。

現在はここで調理する人間がいないようだが、かつては毎日のように腕を揮った人がいるのだろう。彼の母や祖母。もしかしたら父や祖父も。

少し埃を被った調理器具が、整然と並んでいた。年季は入っていても、丁寧に使われていたのが感じられる。

田舎の祖父母の家に遊びに行った際のようなホッとする空気が流れていた。

微かな線香の香りと、木の風合い。柱の一部はよく触る部分なのか、色が濃くなっている。

天井の染みや古びた壁も、どこか葵の郷愁を刺激した。

——武藤先生は、ここで生まれ育ったんだ……ご両親が亡くなってから、生家に戻ったと言っていたものね……

この温かみのある空間が彼を形作ったのだと思えば、不思議な感動が込み上げた。

何だかとても、得をした気分にもなる。

ドキドキしつつ食器棚から適当な皿を取り出して、タッパーの中身を盛りつけ温める間に、葵は深呼吸した。

——好きだな。こういうお家。

そこかしこに洋治の気配が感じられる。それだけでもう高揚する思いがあった。

彼はひとまず諦めたのか、もう『帰りなさい』とは言ってこない。

葵が卓袱台に料理を並べても、困り顔で嘆息しただけだった。

「お口に合うかどうか分かりませんけど、どうぞ」

「……いただきます。すごいね、真崎さんは料理が得意なんだな」

「簡単なものしか作りませんけどね」

洋治に手料理を振る舞える機会があると事前に知っていれば、もっと気合を入れて手の込んだ自信作を用意してきた。その点は悔やまれる。

けれど偶然でも強引でもこの好機を無駄にする気はない。

何でもないふうを装って、その実葵は固唾を呑んで彼の反応を窺っていた。

——不味いって言われたら、立ち直れないかもしれない……。

じっと洋治の喉元を盗み見る。

食卓には豚こまの南蛮漬け、ラタトゥイユ、小松菜のナムルなどが並んでいた。一応どれも葵の得意料理だ。

だが彼が咀嚼し飲み込むまで、生きた心地がしなかった。

「——これは……とても美味しい」

「……！」

洋治の目元が綻び、柔らかく口角が上がる。

口先だけの褒め言葉ではないのか、彼の箸が止まらなくなった。

「こっちも僕好みの味付けだ。真崎さんは誰かに料理を教えてもらったのか？　濃い味ではないのに出汁がきいていて、上品な味付けだね」

「あ、父が料理人で、子どもの頃に基本は教えてもらったんです」

「それは素晴らしいお父様だ。真崎さんは食べ方も綺麗だしね。大事に育てられたんだな」

常日頃から父に感謝はしていたが、今日ほど強く恩を感じたことはなかった。

幼い頃は箸の使い方から食事のマナーまで、躾に厳しい親を疎ましく思ったこともあるけれど、全てが報われた気分になる。

葵は今度、改めて両親に『ありがとう』と伝えようと秘かに誓った。

「褒めてくださり、ありがとうございます。よかったら、こちらも食べてください」

「これは……！　うん、こっちも最高に美味しい」

好きな人に手料理を褒められ笑顔を向けられれば、嬉しくない女がいるはずがない。

葵も舞い上がりそうになり、頬が緩む。

ただの錯覚にすぎないと理解していても、『まるで新婚家庭みたい』と妄想の翼を広げずにはいられなかった。

――駄目だな、私……武藤先生が大変な時なのに、浮き足立っちゃって……しっかりしないと。浮かれている場合じゃない。私はあくまでもスランプ脱出の手助けをしに来たんだから……！

「まるでプロの味だ。これなら店を開けるんじゃないか？」

「いくら何でも褒めすぎですよ。私が調子に乗ったらどうするんですか」

「調子に乗ってもいいと思う。僕はこんなに美味しいものを食べたのは、久し振りだよ」

手放しの絶賛である。

勿論お世辞も含まれていると承知しているけれど、悪い気はしなかった。

何よりも気持ちよく沢山食べてくれる洋治を見ていると、ごまかしきれない幸福感に葵は満たされた。

「先生の食べたいものがあれば、作りますよ。あまり手が込んだものは難しいですけど」

「いや、でもそれは……」

「一人分作るのも二人分作るのも大差ありません。それに先生が身体を壊したら、生徒たちはどうなるんですか。もう若くないとご自分でおっしゃっていましたよね。生活習慣病って怖いんですよ？」

さりげなく『葵が食事を作ること』を前提として話を進めつつ、彼の責任感と不安感を刺激した。

すると先ほどまではなかった迷いが、洋治の双眸に過る。

彼自身、思うところがあるに違いない。

もう一押し、とばかりに葵はとっておきの品を紙袋から取り出した。

「途中でこれを買ってきました。先生、昔からここのケーキお好きでしたよね？　でも買いに行くのが恥ずかしい上に、一人分を包んでくれとは言い難いから自分では購入できないって。……私がアシスタントを務めれば、いつでもお使いに行ってきますよ？」

「……うっ」

見た目からは想像できないものの、洋治はかなりの甘党だった。

しかも大学の傍にある洋菓子店のモンブランがいたくお気に入りだったのだ。もっともその事実を知っているのは葵だけ。

甘いもの好きであること自体隠している彼の秘密を、本当に偶然見聞きしてしまったからだった。

「私をこの家に置いてくだされば、このケーキは先生のものです。今後もいつだって買ってきますよ」

「た、食べ物に釣られる僕じゃない」

「ちなみに来月はタルトの新作も出るそうです。季節のフルーツをふんだんに使った自信作だと、店員さんが言っていました」

「な……っ」

果物好きでもある彼には聞き逃せない情報だったに違いない。

洋治の視線はすっかりケーキを収めた箱に釘付けになっていた。

――私の料理よりも食いつきがいいのは癪に障るけど……一人暮らしだと果物はあまり買わないものね。特に一つが大きいものだと、一度では食べきれないことが多いから。

数種類揃えようと思えば、もっと大変だ。結果、日持ちがいいものを何日も食べ続けなくてはいけなくなる。

そんな時に好みの洋菓子店が複数のフルーツを使ったタルトを販売すると知り、彼としても強く関心を持ったらしい。

「……っ、でも駄目だ。確かに真崎さんの料理はとても美味しかったし、ケーキも心惹かれるけれど……嫁入り前の女性を独身中年男の家に泊めるなんて、誤解を招く。君のご両親にも申し訳ない」

「深く考えすぎです、先生。私のことは住み込みの家政婦とでも思えばいいんですよ。私としても自宅よりここからの方が会社に近くて、メリットがあります」

「真崎さんだって働いているんだから、人の世話をしている暇はないだろう。そもそもこんなオジサンに構っている時間があったら、友人や恋人と過ごすべきだ」

「……恋人は、いませんよ」

あえて平板な声音で告げた一言が、一瞬の静寂をもたらした。

洋治は束の間動きを止め、それから何事もなかったように首の後ろを摩る。だが動揺しているのは明らかだった。

「……それでも、若い人は何かと忙しいだろう」

「今住んでいるところは、家賃の安さとセキュリティの高さで選んで、学生時代からそのまま越していないんです。職場はギリギリ通える範囲内だったので……ですがこのところは残業が多くて、流石に通勤に疲れました。そろそろもっと会社の近くに引っ越したいと考えていたものの、新居を探す時間がなくて困っていたんです」

これは、本当だ。

毎日のこととなれば電車の乗り換えがあるかないかでも、疲労度がかなり違う。ぎゅうぎゅう詰めの満員電車に長時間揺られるのは、正直かなりのストレスになる。洋治の家からなら、あまり混雑していない路線で通勤できるし、かかる時間だって半分で済む。だから葵にとっても充分見返りのある話と言えた。

「だとしても――」

「お試し期間を設けてみませんか」

「お試し?」

「はい。私も家族以外と暮らすのは初めてなので、不安がないわけではありません」

しおらしく葵が微笑めば、彼が虚を突かれた顔をする。とはいえ、聞く耳持たずの態度ではないことに、内心ガッツポーズを繰り出した。

「同居してみて上手くいかなければ、私は自分のマンションに帰り、週末だけ通ってくることにします。そうして先生の食事を作って帰る……というのはどうでしょう?」

「でもそれでは、真崎さんに旨味がないよ」

好きな男性の胃袋を摑める可能性があるなら、やらない理由がありません――とは言えず、葵は無邪気な笑みを浮かべた。

本当の狙いを悟られるわけにはいかない。

洋治の芸術への情熱を取り戻させたいのは真実だが、打算がないと言う気もなかった。

「だったらお給料をください。切ない話ですが、今の仕事は薄給なんです。副業は許可されているので問題はありませんし……私も得意なことで稼げて、よく知る相手に雇ってもらえるならラッキーなんですよね」

これは半分嘘だ。確かに高給取りではないものの、生活に困窮しているほどではない。本業だけでやっていかれる。

しかし葵が『困っている』と強調すれば、彼はたちまち同情の色を滲ませた。

「それは……大変だね。今の時代若者が貧しくなっていると聞く」

――先生……善人すぎますよ。それじゃ騙されかねません。――私みたいな人間に。

若干の罪悪感は見て見ぬ振りをした。チクチクと胸を刺す良心は、この際投げ捨てる。大きな目的のためには、そんな些末なことにかまけている場合ではなかった。

「昔の教え子を助けるためだと思って、手を差し伸べてください」

洋治の性格上、『貴方のため』と恩着せがましく言うよりも『こちらのため』と懇願した方が効果的なのは分かっている。

本当に優しく、誰に対しても親身になってくれる人なのだ。

葵があざとく瞳を潤ませれば、彼は如実に迷い出した。

「いや、でも……」

「どうしても駄目なら、諦めます。だけどひと月だけでも、私はかなり助かるんです。もし先生が断るなら、他に雇ってくれる人を探さなくてはいけませんね……どんな人か分からない相手の家へ通うのは不安だらけですけど……」

いつの間にか葵の設定が『生活苦による出張家政婦希望』になっているが、話の細部のおかしさに、洋治は思い至らないらしい。

先ほどよりもっと迷っているのが手に取るように伝わってきた。

──私の演技力も捨てたものじゃないな。──先生、貴方の優しさにつけ込む真似をして、ごめんなさい。だけど私……どうしても先生の描く世界を、失いたくないんです。

ここまで自分が強かになれるとも思っていなかった。恋する女は逞しい。しかも一度は玉砕した相手だ。

今更恥も外聞もない。そんなものを気にして、再び諦める気は毛頭なかった。

「変な人に当たらないといいな……」

わざと独り言めかして葵が呟けば、彼の顔色がサッと変わった。

おそらく今頃、洋治の頭の中では様々な不安や心配が渦巻いていることだろう。

本気で案じてくれている様子に心は痛むが、そこは心を鬼にした。

──ここで引いたら、全部台無し。

悪い女になってでも、守りたいものがある。

葵は切なげに嘆息し、睫毛を伏せた。精々、か弱く哀れに見えるように。

「……っ、分かった。ただしひと月だけだ。食材費は全て僕が持つし給料も払う。真崎さんのマンションの家賃、光熱費はこちらに負担させてくれ」

「え」

それはいくら何でも、葵に都合がよすぎる。そこまでの条件はまったく望んでいなかったので、今度はこちらが動揺する番だった。

「いいえ、ここに住まわせていただければ、充分助かります！　通勤時間が短縮される分、残業できますし」

「いや、それでは正当な対価とは言えないよ。——だって君は、僕の絵のモデルも務めてくれるつもりなんだろう？」

「……！」

もっと腰を据えて説得しなくては、同居以上にモデルの件は受け入れてもらえないと思っていた。

けれど洋治の中でどんな心境の変化があったのか、いつの間にか葵は彼の懐へ迎え入れられていたらしい。

「い、いいんですか……っ？」

「そのつもりで、押しかけてきたんじゃないのか？　大荷物に僕の好物まで用意して……それに君がいたらこんなに美味しい料理を食べられると思ったら、心が揺らがないでいるのは難しいよ」

苦笑と共に、洋治がナムルを口に運んだ。

葵の作ったものをゆっくりと味わって飲み込み、お手上げのポーズを取る。おどけた仕草は、不思議と様になっていた。

「食事なんて満腹になればいいと考えていたけど、いざこうして文句なしの料理を並べられたら、差は歴然だね。僕の負けだ。よろしくお願いします」

「こちらこそ……！」

もっと揉めて、最終的には力業で居座るつもりだった葵は、拍子抜けした。

何ならひと月と嘯いて、この家に入り込んでしまえばこっちのものだと悪知恵も働かせていたのだ。

それが正式に認めてもらえ、嬉しくないはずがない。

いささか現実とは思えず、呆然としてしまった。

「真崎さんの勝ちなのに、あまり喜んでいないみたいだね？」

「い、いえ、そんなことは……ただ、思いの外上手くいったので、驚いてしまって……」

「え？」

「何でもありません。こちらの話です。と、とにかく今日からよろしくお願いいたします！」

彼の気が変わらないうちにと、葵は深々と頭を下げた。

洋治も正座し直し、綺麗な所作でお辞儀する。

「部屋は空いているところを使ってくれ。少し埃っぽいかもしれないが、特に何も置いていないし、寝泊まりするには問題ないと思う。布団は明日干すから、湿気っていても今夜は我慢してほしい」

「どうぞ、お気遣いなく。私、いつどこでも眠れるので……！」

「うん、知っているよ」

楽しそうに微笑んだ彼の笑顔があまりにも優しく、葵の胸が大きく脈打った。

恋心と敬愛が胸の中で大きくなる。

上気する頬を鎮めるのは、簡単なことではなかった。

「……ですよね。教室で寝ているところを見られていたんですもの……」

今更ながら恥ずかしい。当時は周囲の友人も似たようなことをしていたので特に何も思わなかったが、大人になった今は流石にみっともなかったと気がついた。

うら若き乙女が無防備すぎる。よもや涎を垂らしたり、鼾をかいたりはしてはいなかっただろうなと不安になった。

――先生は気にしないと思うし、わざわざ指摘もしないだろうけど……好きな人にそんな姿を見られていたら、ダメージが計り知れない。

しかしあの出来事があったからこそ、今こんな奇跡めいた縁が再び結ばれたのだ。葵の眠る姿を洋治が目撃し、それを絵に描いてくれた。更には数年後、その作品が自分の目に留まることになった。

偶然の連鎖。だが一つでもタイミングがズレていれば、違う結果が訪れたのは明らかだ。もしも葵が今日、画廊の前を通りかからなかったら。

オーナーが洋治の現状を教えてくれなかったら。

絵のモデルが自分だと気づかなかったら。

そんな小さな要因一つで、葵は今夜も一人、自分の部屋で週明けの仕事に向けて頭を悩ませていた可能性がある。

「同居するにあたって、細かいルールは追々決めよう。それよりも今夜は、久し振りに誰かと一緒に取る夕食を楽しみたい。この家で人と食卓を囲むのは何年振りかな」

「私も……誰かに手料理を振る舞うのは、久し振りです……」

たまに友人や家族へ作る程度で、男性を自分の部屋に招いたことはなかった。

葵の言葉をどう捉えたのか、洋治は曖昧に唇で弧を描く。

それは戸惑っているようにも、ホッとしているようにも見えた。

「――そうか。だったらお互いにこの時間を楽しもう」

「はい」

後は、沈黙。ただし気まずいものではない。

庭から聞こえる虫の声や下町の生活音に耳を傾けながら、穏やかな気持ちで箸を動かす。

何はともあれ、こうして二人の同居が始まったのだ。


平日はこれまで通り忙しく仕事。

残業もあれば、上司や取引先に嫌味を言われることもある。

先輩からは面倒な仕事を回され、後輩は可愛いけれど、プライベートを優先しがち。

イライラと憤りは相変わらず。

それでも大嫌いな満員電車での通勤が改善されたことと、『家に帰れば洋治がいる』事実が、葵の生活を格段に底上げしてくれた。

何せこれまで見られるとも思っていなかった、彼の寝起きの姿（寝癖がついている）や苦手なものをうっかり食べてしまった顔（しかし嫌いだとは絶対言わないし残さない）、入浴後の濡れ髪（自然乾燥派らしい）などが閲覧し放題なのだ。

落ち着いた大人の男性だと思っていた分、予想外に可愛いところを見せつけてくるなんて反則ではないか。毎日葵のときめきが治まる気配はない。

おかげで鬱々としていた気持ちがリフレッシュできたのか、新たに提出したデザイン案は一発採用を勝ち取り、本日、最高の気分で葵は帰宅した。

「ただいま帰りました！」

「お帰り」

実家を出て以来、こんなやり取りをするのは、随分久し振りだ。大学進学の際に一人暮らしを始めたから、約九年振りだろうか。

年に数回里帰りすることはあっても、両親と交わす挨拶とは何かが違う。

待ってくれている人がいることも、自分が待つ立場になることも、葵には新鮮だった。

「疲れただろう。風呂は沸いているから、入っておいで」

「ありがとうございます。でもそれは私の仕事ですよ？」

「僕の方が帰宅が早かったから、先にシャワーを浴びただけだよ。できる方がやればいいじゃないか。料理に関しては真崎さんに任せきりだしね」

長年一人暮らしをしてきただけあって、洋治の家事スキルは決して低くはなかった。

几帳面な性格もあり、掃除洗濯は普通にこなしていたようだ。

思い返してみれば、教壇に立つ彼の服が薄汚れていたり、皺だらけだったりしたことは一度もなかった。

常に清潔感があって、それが葵の誤解を呼び、かつては『女の気配』にヤキモキしたこともある。

しかしどうやら洋治自身が心がけて身なりに気を配っていたらしい。

それでも料理だけは上達せず、専らコンビニか外食で済ませていたと彼は語った。

「食に対する拘りは薄かったからね。でも君の手料理を食べてしまったら、やっぱり美味しいものの方がいいと感じるようになった」

そんなことを言われれば、葵はますます張り切ってしまう。

結果、週末の作り置きは勿論、平日でも可能な限り台所に立つようになった。

――食べてくれる人がいて、美味しいと言ってもらえるって、こんなに嬉しいことだったんだ……前より料理がずっと楽しい。

「あの、先生はもう夕飯を済ませましたか？」

「いや、まだだよ。どうせなら真崎さんと一緒にいただこうと思って待っていた。今日はあまり遅くならないって言っていたから」

残業になる日は、作り置きを温め先に食べてくれるよう伝えてある。

葵の帰宅が終電近くになることもあるので、気にしないでくれとお願いしていた。

だが彼はできる限り待ってくれていることが多い。

それが途轍もなく葵の心を震わせた。

「でしたら、先に食事にしましょう。私もお腹が空きました。実は帰る途中もグゥグゥ鳴ってしまって、恥ずかしかったんです」

「それは大変だ。じゃあすぐに準備するよ。手を洗っておいで」

「はい」

笑顔で洗面所に向かいつつ、葵は『まるで新婚夫婦のようだ』と興奮した。

――先に食事にする？　お風呂にする？　のやり取りみたいじゃない。家に帰ったら旦那様が出迎えてくれる生活……控えめに言って、最高。

勿論洋治は葵の旦那様などではない。

元生徒と恩師。現在は同居人であり雇用関係でもある。

しかし同じ屋根の下で暮らすようになって既に二週間。あまりにも順調故か、時には葵は幻覚を見ている心地になった。

――ずっとこんな日が続けばいいのに……

一か月で終わらせる気は、自分にはない。

最悪の場合、どんな手を使っても彼を説得し同居続行をする所存だ。

優しい洋治なら、無理やり追い出しはしないだろうという計算もあった。

――それにまだ、先生が絵を再開する気配はない……

手洗いうがいを済ませ葵が居間に向かうと、卓袱台には皿に盛った料理が並べられていた。

ご飯は炊いてくれたのか、いい香りの湯気が立っている。更にはネギと豆腐の味噌汁まで作ってくれたらしい。

――夢みたい……

二週間前の自分に現状を伝えても、絶対に信じないと思う。

焦がれ続けた人の家に転がり込み、こうして食卓を共にしているなんて。今でも妄想を拗らせているのかと心配になる時がある。

こんなに幸せで大丈夫かと、手痛いしっぺ返しを食らう焦燥に駆られることもあった。

「用意してくださり、ありがとうございます」

「ほぼ真崎さんが作ってくれたものだよ」

「でもお米を炊いてくださったし、お味噌汁とお茶まで用意してくれました」

洋治は大抵この後、皿洗いもしてくれる。

この年代の男性では、珍しいのではないだろうか。割と家のことをする葵の父だって、家事に積極的とは言い難い。まして葵は『家政婦もどき』として住み込んでいるのに、洋治は自分でできることは極力こちらの手を煩わせなかった。

「自分のためでもあるんだから、当然だよ。ほら、座って」

定位置になった彼の正面に葵が腰を下ろせば、ほぼ同時に二人揃って『いただきます』と声を出した。

長く独りで暮らしていると、忘れがちになる言葉だ。

けれど洋治は必ず手を合わせて軽く頭を下げる。

他者が作った料理に敬意を表するだけでなく、普段から礼儀正しい人なのは知っていた。おそらく、長年の習慣であることも。

きっと家族を亡くした後も、変わらず続けてきたことなのだろう。

――こういうところ、大好きです……

何を出しても『美味しい』と褒めてくれるところも、きちんと味わって食べてくれるところも、食事のマナーが綺麗なことも全部、葵の胸をときめかせる。

向かい合って食事するだけで、毎日恋心が育っていった。日々更新される恋情の大きさに、葵自身戸惑うほど。

――これ以上先生を好きになってしまったら、どうしよう……嫌われてでもこの人をスランプから抜け出させたいと考えていたのに、今は疎まれるのが怖い。

今があまりにも満たされているせいで、変化が恐ろしい。当初の目的を見失いかけ、複雑な気持ちを嚙み締めた。

この家に押しかけて二週間。葵がしてきたことは家事とお使いくらいだ。

主に食事の支度と洋治の望む品を買ってくること。

つまり絵のモデルは、未だ務めていなかった。

――『掃除しなくていい』と言われている部屋がアトリエになっていることは薄々知っ

ているけど……先生は本当に創作意欲が消えてしまったの？　一人でアトリエに出入りしている雰囲気もない……

だから葵にとって一番大事な役割は、果たせていないと言える。同時に、ゆったりとした日常の積み重ねが心地よすぎて、『いっそこのままでいられたら』と歪な願いが大きくなっていた。

洋治が絵への情熱を取り戻せば、自分はお役御免だ。

この家に居座る理由はなくなってしまう。常識的に考えて、その時点で出て行かざるを得ない。

だが何事もなく穏やかにひと月が終わり、そしてそのまま契約が継続されたら、どれだけ素晴らしいことだろう。

眩暈がするほど幸せな夢想に、葵の心がグラグラ揺れる。

どうすれば彼がもう一度キャンバスに向かってくれるのか思案しつつ、現状維持も望んでいるのが本音だった。

――私ったら、自分のことばかり……何のためにここにいるのか、胸に刻まないと。

最後の一口を食べ終え、葵が決意を新たにしていると。

「――を、お願いできるかな」

「え？」

物思いに耽るあまり、洋治の話を聞き逃していた。

何か頼まれたようだが、肝心の内容は分からない。慌てて瞬いた葵に、彼は仄かな不安を滲ませた。

「……駄目かな？」

「だ、駄目じゃないです。あの、でも……」

聞いていなかったとは言い辛い。しかし自分が洋治のお願いを無碍に断るのは、あり得なかった。

この家を出て行け、などの要望でない限りは何でも受け入れるつもりだ。多少の無茶でも、葵は快く頷く気がする。

好きな人の望みなら、聞き入れたくなるのが恋する女の性だった。

「よかった。それじゃ入浴後にアトリエに来てほしい」

――え……今、アトリエって言った……？

驚愕を顔に出さないようにするのが精一杯。

動揺を押し殺し、「分かりました」と了承する。本当は心音が暴れていたけれど、ごく普通に振る舞えたと信じている。

――それって……絵を描く意欲が戻ったってこと？　私をモデルにするつもり？

ご馳走様と告げ、食器を片付けるために立ちあがった彼の背中を見つめ、葵は戦慄く呼気を吐き出した。

嬉しいのかそうでないのか、自分でもハッキリと判断できない。

荒ぶる鼓動だけが、素直に動揺を示していた。

単純に、アトリエを片付けるためという可能性もある。決めつけるのは早計だ。けれど冷静を装うのは難しかった。

どちらに転んだとしても、葵が変化の岐路に立っているのは間違いない。

この先にあるものが祝福か悲劇かは神のみぞ知る。

心ここにあらずのままシャワーで手早く汗を流し、葵は洋治に言われた通りアトリエに足を運んだ。

この家に来て以来、一度も入ったことがない部屋。

いくら彼が葵を受け入れてくれていても、そこだけは一線を引かれたままだった。

入っていいと許可されたことは純粋に嬉しい。それでも一抹の不安が一歩踏み出す勇気を阻害する。

扉の前で立ち竦んだ葵は、ノックしようと持ち上げた拳を何度も下ろした。

時間にして数分程度だが、永遠にも感じられる時間が過ぎる。

いつまでもこうしているわけにはいかない。それは理解している。けれど迷う臆病さに終止符を打ったのは、閉ざされていた扉が内側から開かれた瞬間だった。

「――……どうぞ」

引き返すことは許さないと、言外に告げられた気がしたのは錯覚。

不可思議な強制力に背中を押され、葵はアトリエに足を踏み入れた。

部屋の中は雑然としながらも奇妙な秩序が維持されている。

全ては洋治が創作活動に没頭するための空間。狭くてそこかしこが絵の具で汚れていても、彼にとっての快適さを追求した楽園だった。言わば、洋治そのもの。

「……っ」

ゾワッと肌が粟立つ。

気圧されたせいかもしれない。ここでいくつもの芸術作品が生み出されたのだと考えれば、身が引き締まる思いもあった。

――もしかしたら、あの私の絵もここで……緊張する……

大学構内にあるアトリエとはまるで違う。

洋治専用の空間だと思えば尚更だ。ここには彼の気配が満ちていた。

ごく普通に生きていればまったく必要のない『絵を描く』ことに全てを捧げた、狂気とも呼ぶべき情熱の残滓が、色濃く漂っていたのだから。

「……モデルを、引き受けてくれるんだろう?」

すぐに返事ができず、苦しげに喉が鳴った理由は葵にも説明がつかない。

先ほどまでとは違う彼の雰囲気に呑まれたのは否めなかった。

緊張で肌が騒めき、呼吸すら乱れたものに変わる。

それでも絡んだ視線は逸らせない。逸らしてなるものかと、葵は双眸に力を込めた。

「はい。ポーズの希望はありますか？」

二人の間に火花が散ったと感じたのは、ただの思い込み。けれど緊張感が高まったのは事実だった。

「……椅子に、座って。目線は右の壁に」

モデルをするならパジャマでは駄目だと思い、一応ざっくりとしたワンピースを着ていた。しかしもっと着飾ってくるべきだっただろうか。化粧も濃く施した方がよかったのでは。

惑う葵の動きが遅れると、洋治の眼差しが鋭さを増した。

「――嫌なら、やめてもいいんだよ？」

「そのつもりはありません」

やめるに含まれる意味はモデルのことだけではない。今の生活全部を含めたことだと察した。だとしたら、葵の返事は一つだけ。

突き進む以外、回答があるはずもなかった。

「こんな感じでいいですか？」

椅子に腰かけ、顔を右に向ける。手の置き場に悩んでいると、頬杖をついてくれと指示された。

――先生と見つめ合ったままじゃないのね――

視線は一切絡まない。

以前、己の内面を覗き込まれるのが苦手だと言っていた洋治らしい。けれど葵もまた、どこかで安心していた。

――だって、覗かれるのは私も同じ。

深淵を覗く時、深淵もまたこちらを覗いている。今の葵にはこれが精一杯だった。

洋治の立てる物音に耳を傾け、じっと息を凝らす。

室内に染みついた油絵の具の匂いを肺いっぱいに吸い込んで、静かに吐き出す。閉ざされた空間で交わすのは、互いの気配のみ。

視覚以外の感覚をフル稼働して、葵は彼の全てを捉えようとした。

息づかいは勿論、身じろぐ音も。鉛筆の運び方まで。

一つも取りこぼしたくなくて、全身を耳にする。

愛を囁き合うより濃密に。僅かな衣擦れも聞き逃すまいと神経を研ぎ澄ませた。

同じ姿勢を維持するのは骨が折れる。だがちっとも苦痛に感じなかった。

葵がモデルとしてポーズを取り続ける限り、洋治の視線を独り占めできると知っているためだ。

彼はこちらに釘付けになって、脇目も振らないに違いない。この上なく真剣に凝視し、細部まで映しとろうと集中しているだろう。

さながら、愛して止まない恋人を見つめるかのように。

——それなら、もっと私を見て。一瞬も目を逸らさないで。他のことには欠片ほども気を向けないで。

傲慢すぎる我が儘さを、葵は胸中で繰り返した。

洋治の焦げつく眼差しが自分に注がれているのを感じる。

目尻から首へかけて、今は舐めるような視線が移動していた。確かめるまでもなく分かるのは、葵が全てを取りこぼさないよう敏感になっているせいだ。

目線を絡めることもなく、言葉を交わすこともない。

それでも煮詰まるのに似た粘度を感じる。

降り積もる静寂が耳に痛い。いつもの心地いい沈黙とはまるで別物。ホッとするよりも緊張する。それでもひりつく空気は、嫌いではなかった。

——先生が、私だけを見てくれている……

身体の線を滑る視線が、体内に不可思議な熱を灯した。

触れられてもいないのに熱くなるのは何故なのか。呼吸を乱すまいと心がけ、下腹に力を入れる。

爪先まで走る緊張は息苦しい。だが見ないでほしいとは微塵も思えなかった。

――私の全部を観察して。先生の手で描き出して――

双方一言も言葉を発しないままどれだけ時間が過ぎたのか。葵が首や肩に痛みを感じ始めた頃、彼が深く息を吐き出した。

「――……今日はここまでにしよう」

「もう、いいのですか？」

「ああ。いくら明日が土曜日でも、もう夜中の二時過ぎだからね」

「え、そんな時間になっていました？」

まさかとっくに零時を過ぎていたとは思っておらず、葵は驚いた。壁にかけられた時計に目をやれば、確かに二時半になろうとしている。

よもやこんな時間になっていたとは露知らず、どうりであちこち痛いはずだと納得した。

「遅くまで付き合ってもらって、申し訳なかった。――嫌なら、いつでも断ってくれて構わないよ」

「ちっとも嫌ではありません」

強張った身体を伸ばしていた葵は慌てて首を横に振った。

ひょっとしたら洋治は、あえて葵に負担をかけることで穏便にこの家から追い出そうとしているのかもしれない。その手には乗るかと、満面の笑みを張り付けた。

「貴重な体験なので、面白かったです」

「なら、安心した。またお願いしてもいいかな？」

「当たり前じゃないですか。最初から私はそのつもりです」

受けて立つつもりで、葵は大きく頷いた。

これは勝負ではない。けれど引き下がれない戦いでもあった。

「ありがとう。久し振りに授業以外で真剣にデッサンしたよ」

彼の横顔に浮かぶのは、自嘲か安堵か。それを読み取ることは難しい。

大人は真意を隠すことに慣れている。まして人生経験が自分と段違いに豊富な洋治から読み取るには、葵の力不足だった。

「……新しく描いている絵を、いつか見せてくれますか？」

おそらく今頼んでも、断られる気がした。ならば『完成した時に』と匂わせることで葵は譲歩する。

言外に必ず最後まで描きあげてほしいと願いを込めて。

「……そうだね。いつか……納得のいく形に仕上げられたら――」

「楽しみに、待っています」

叶うなら、その時までここで暮らしていたい。けれど強欲すぎる願いは、とても口にできなかった。

ふと上げた視線が彼と絡む。

見つめ合ったのはほんの数秒。それでも瞬きもできず永遠の時が流れた気がした。

「……もう遅い。お休み、真崎さん。明日の朝は、ゆっくりで構わないよ」

「おやすみなさい。……先生も、きちんと休んでください」

言いたいことが色々あっても、不器用な二人には圧倒的に言葉が足りない。手探りで暗闇をさまようように、怖々距離感を測ることしかできなかった。

◇◇◇

気心の知れた男は、「お前馬鹿だな」と失礼にも言い放った。

更には「結局全部俺の言った通りになったじゃないか。無駄な意地を張って余計な時間を浪費しただけだ」とも。

黙っていれば品のいい紳士に見えるのに、口を開けばたちまち暴言が飛び出る。

地価の高い場所で親から譲り受けた画廊を営む、裕福な実業家とは到底思えない発言だった。

「……煩いな」

大学時代の同級生である伊佐木に『飲もう』と数か月振りに誘われ、洋治が呼び出されたのは半地下にある小さなバー。

物静かな初老のマスターが営む、二人ともお気に入りの大人の隠れ家だった。

葵の襲来により半ば強引に同居が始まってから約三週間。

微妙な均衡を保ちつつ、表面上は穏やかな毎日を過ごしている。

バランスの良い食事に規則正しい生活。それを得られただけでも、心身共に価値があることだと洋治は思っていた。

これまで長年独りで暮らしてきて、自堕落に生きてきたつもりはないが、丁寧な日々だったかと問われれば、答えは否だ。

清潔感に気を配っても、他はおざなりだったのは否定できない。特に食事は少々――いやかなり適当だった。

彼女と暮らすようになり、明らかに血色はよくなっている。

寝つきもいいし、身体の節々の痛みは改善していた。

家に独りでいる時間を潰す必要がないからか、煙草の本数は減っている。おかげで食事は尚更美味い。いいこと尽くめだ。

しかしそれだけで終わらないから厄介だった。

「――個展にふらっとやってきたあの時の女性が、まさかお前の言っていた教え子だったとはね。運命の悪戯って、本当にあるのかもしれないな。偶然にしては、できすぎている」

「……お前が余計なことを言わなければ、今まで通り平穏無事だったのに」

つい恨み言の一つも言いたくなる。眼前の悪友が葵に口を滑らせなければ、その後おかしな展開にはならなかったのだ。

自分がキッパリ断れなかったことは棚に上げ、洋治はわざとらしく顔をしかめた。

「平穏無事？　どの口が言う。もう五年近く深刻なスランプのくせに。ましてこの数年は、一枚も新作を描いていないだろう」

ブランデーをストレートで呷りながら、伊佐木が横目で睨んできた。

その眼差しには、咎める鋭さと案じている色がある。

面倒な男であるのは確かだが、いい友人であることも間違いなかった。

「……そのうちよくなるさ」

「その言葉を信じて待ち続けたが、結果はどうだ？　ズルズル時間ばかりが経過して、創作から遠ざかる一方じゃないか。どう見たって悪化している」

「僕なりに努力はしている」

「俺が無理やり了承させた個展以外、お前が何か自主的に行動したことがあったか？」

それを言われれば、ぐうの音も出ない。

伊佐木の剛腕に流される形で、彼の画廊を借り、渋々短期間の個展を開いた。

この五年、絵画への情熱を取り戻そうとして具体的にしたことと言えば、確かにそれだけかもしれない。

それでも描けなくなって二年ばかりは、必死に足掻いたのだ。

気が乗らなくてもデッサンは欠かさず、刺激になればと思い足繁く美術館にも通った。

インプットは積極的に行って、新しいことにも挑戦しようと試み、生徒たちから得られるものもあると苦手な交流にも精を出した。

けれどどれも効果はなかった。

結局絵筆を握らない時間は増えてゆき、次第にキャンバスを見るのも嫌になって、気づけば『気味』どころか完全なるスランプだ。

授業以外では絵に触れることすら忌避するようになっていた。

「……お前がこんな状態になる直前に仕上げたあの絵は、本当に素晴らしい傑作なのにな……」

伊佐木なりに洋治を真剣に案じているのは分かっている。

素直じゃないせいで憎まれ口ばかり叩くけれど、どうにか友人を再起させようと手を尽くしてくれているのが、痛いほど伝わってきた。

だからこそ、本来誰の目にも晒すつもりがなかったあの絵を、彼にだけは見せたのだ。

「……褒めてくれて、ありがとう」

「俺はいいものはちゃんと褒めるよ。あれは間違いなく、お前の代表作になる。だから画商として、埋もれさせてはおけなかった」

そんなふうに口説かれたから、個展開催の提案に重い腰を上げて頷いたのだ。かの絵をポスターに使いたいという伊佐木の言葉には首を横に振ったが。

——いくら可能性が低くても、真崎さんに見られるかもしれないことが怖かった。

葵が大学を卒業した直後には、洋治は自身の異変を感じていた。それでも彼女と関連付けて考えたことはなく、いずれはまたいつも通りの日常が戻ってくると信じて疑っていなかったのだから、呆れてしまう。

生徒に絵を教え、合間に自分の創作もする。

静かで大きな変化のない、平和な毎日はこの先もずっと続くと誤解していた。

まさかこんなに長く不調を引き摺るなんて予想外だ。

五年前の自分に教えたとしても、『馬鹿馬鹿しい』と一蹴したと思う。

それくらい卒業式の日に受けた葵の告白は、スランプと無関係だと捉えていた。——そう思い込みたかった。

「それにしても、子どもに手を出さない心意気は立派だが、未練たらしく彼女の絵を描いた挙句、それでスランプに陥るとか、間抜けすぎるだろう。だったら、せっかく向こうから好意を抱いてくれたなら、一度くらい付き合ってみればよかったじゃないか。一応当時二十歳を越えていたなら、さほど責められやしなかったと思うぞ」

「お前、自分の奔放さを僕にまで当て嵌めないでくれ」

昔から特定の恋人を作らず、常に複数の女性の影を纏わせていた男には分かるまい。学生時代からまるでタイプが違うのに、洋治と伊佐木は気が合った。

真面目で堅物な自分に対し、友人は自由で時折ぎょっとすることをしでかす。価値観も悉く合わず、衝突したことは数限りない。

それでも大学卒業後もこうして付き合っているのだから、何かしら通じるものがあるのだと思う。あまり社交的ではない洋治には、伊佐木は貴重な友人だと言えた。

「武藤は真面目すぎる」

「伊佐木が不真面目なだけだ」

こんな軽口は三十年近い付き合いの中で、数えきれないほど交わしてきた。もはや挨拶のようなものだ。

息の合ったやり取りに、自然と口角が緩み笑い合う。

「だが晴れてお前のミューズと再会できたわけだし、これはいい契機になるんじゃないか？　人物画を描かなかったお前が唯一『描きたい』と感じたんなら、特別と言わずして何と言う？　スランプを脱する絶好の機会じゃないか。しかも彼女の方から男の家に転がり込んできたなら、まだお前のことが好きに違いない」

「……相手は二十も年下の教え子だぞ。そんな対象に見たことがないし、向こうだって本気のわけがない。年上の男に憧れる年頃だっただけだ。当時だって一時の気の迷いにすぎないよ。――今は……しょぼくれたオジサンを心配してくれているんだろう」

「何を言っているんだ？　未だに師弟関係なら不道徳だし、リスクも高いから勧めないけどな。何とも思っていない相手のために、せっせと世話を焼く物好きはいない。しかもかつて自分を振った男だぞ？　普通は顔を見るのも嫌だし記憶から抹消しているさ。こちらから口説いたのでもなければ、何が問題なんだ？　それに今や向こうだって二十代後半。お互い充分大人だ。男女の関係になったってちっともおかしくない」

「だから、年の差がありすぎるだろう。親子でも不思議はないぞ」

「うわ……俺たち、もうとっくに二十歳を越えた子どもがいてもおかしくない年齢なんだな……改めて考えると、びっくりするわ……」

問題はそこではない。そう言いたい気持ちを呑み込んで、洋治は深々と嘆息した。

どうやら伊佐木は、葵の存在が洋治にいい影響を与えると信じているらしい。

随分昔、自分がスランプに陥ったばかりの頃も、似たようなことを言われた。流石に『男女の関係』云々まで言及していなかったけれど、『その絵の女性に、もう一度モデルを務めてもらえ』と何度も言っていたのだ。

当時は適当にはぐらかし濁したけれど、思い返せば現在、伊佐木の言った通りになったと言える。

――同居は想定外でも、結局葵をモデルにして少しずつ絵に向き合えるようになってきた……

何も描く気力が湧かなかった期間からは、考えられない。

洋治は『今夜は残業で遅くなる』と言っていた葵のことを思い浮かべ、苦い笑みを口の端に乗せた。

彼女は数多いる教え子の一人。それだけの関係だ。

現役の学生だけでなく卒業生を含めれば、その人数はとても把握しきれない。その中の一人であって、個人的に特別な関心なんて抱いているわけがない。

――そう。ただの『元教え子の一人』だ。少しばかり接点が多かったくらいで……

我が子であってもおかしくない年の差がある生徒たちとは、年々話も感性も合わなくなってきている気がする。

洋治自身、学生たちから『オジサン』扱いされることにも、すっかり慣れてしまった。

そんな中、慕ってくれる生徒はやはり可愛い。中でも彼女――真崎葵は何故か気にかかる存在でもあった。

教室内で居眠りする姿を見た時から。いや、それ以前に無意識に目が彼女を追っていたのは否定できない。

それでもたまたま印象に残っているだけだと己に言い聞かせてきたのに――

卒業式の日に告白され、洋治は自分でも信じられないほど愕然とした。

傍から見れば、至極落ち着いていたかもしれない。けれど内心は、嵐の真っただ中へ放り出された気分だった。

聞き間違いか勘違いか。一瞬の間に色々な可能性を考えた。

質の悪い罰ゲームや、最後に恩師を揶揄ってやろうという悪戯心も否定できない。

だが真剣な面持ちで顔を赤らめている彼女に、少なくとも冗談のつもりはないのだと悟った。それ以前に葵は、他人に迷惑をかける悪乗りをするタイプでもない。

だとしたら、彼女の発した言葉の意味は、それ以上でも以下でもないということ。

そう気づいた刹那、自分の中に湧き起こった感情の名前は、今も不明だ。

もっと明け透けに言うならば、正面から向き合いたくない。厳重に鍵をかけ封印しなければいけないと咄嗟に思った。

そうしなければ見たくもない何かと対峙しなければならなくなる。

認めてはならない本心を覗き込まれそうで、こちらを見つめてくる葵から目を逸らすことしかできなかった。

教え子からの告白を受け、反射的に脳裏に浮かんだのは辛辣な一言。

かつて結婚を誓った女性が放った、別れ際の台詞だった。

――『貴方は本気で人を愛せない人。芸術以上に大事なものなんて一つもない。貴方の一番は常に絵。それ以外は私を含め、利用できる添え物でしかないでしょう？　私のこと、家事をしてくれてセックスもできる便利な女程度に思っていない？　だったら初めから関わってほしくなかった』――

一言一句違えることなく耳に残っているのだから、痛いところを突かれたのだと思う。自分でも否定できないと感じ、結局はその出来事が破局の決定打となった。

今でも思い返す度に胸が軋む。

それだけ洋治だって真剣に婚約者を愛していた。――自分なりに。

しかし愛情だと思っていたものを欠陥だと詰られれば、反論の余地はない。あの時『君の方が大切だ』と嘘でも言えなかった時点で、認めてしまったのも同然だった。

愛する人を傷つけた。それも最低な形で。そんな苦い記憶があるからこそ、そして自らの生き方を変えられないと痛感した故に、洋治は今後恋人を作らないことを自身に誓った。

それが不誠実に接してしまった過去の婚約者への、せめてもの償いだ。

不器用で生真面目な自分にできる唯一の贖罪だった。

「――で？　彼女と一緒に暮らすようになって、少しは意欲が戻ったのか？」

「……いや、まだ……もう少し、かな」

何となく伊佐木には再び絵を描き始めたことは言いたくなくて、洋治は曖昧にごまかした。

まだスランプを脱したと言えるほど、現状が改善されたわけではない。

発言はともかく、本心では親身になって心配してくれている友人に、これ以上面倒も余計な期待も抱かせたくなかった。

「何だよ。それじゃうら若き女性の好意を利用して身の回りの世話をさせているだけなのか？　彼女は武藤の作品に惚れ込んで、再起を願ってくれているのにも拘わらず？　……お前、本当にどうしようもないな。お前みたいな社会不適合者から才能を取ったら、いったい何が残るんだよ」

「いくら何でも言いすぎじゃないか？　あと、真崎さんの好意は、そういう色恋の種類じゃない」

歯に衣着せぬにしても、もう少し他に言い方があるだろう。呆れ気味に洋治が眉を顰めれば、それ以上に伊佐木は険しい表情を浮かべていた。

「嫉妬もあるんだ、少しは大目に見ろよ。自分が喉から手が出るほど渇望した才能を持っている奴が、その権利を行使しないのは、もどかしいだろう」

「……」

目の前の友人にだって、彼だけの才能は確かにあった。

しかしそれは伊佐木が望むものではなかったようだ。

――僕はセンスがよくて自由な作風のお前に憧れていたし、社交的な性格や先を見据えられるバランス感覚を羨ましいと思っていたけどな……

「――ま、それはいい。俺はこうして人の才能を発掘し、世界に発信するのも嫌いじゃない。だいたいアーティストってのは、大なり小なり傲慢なエゴイストだしな。そうでなくちゃ凡人とは違う世界が見えるわけがない」

鋭い眼差しからカラッとした笑顔になり、伊佐木は洋治の背中を力強く叩いてきた。

こういう切り替えの早さと、何でも楽しもうとする前向きさも彼のいいところだ。洋治が尊敬する部分でもあった。

「どちらにしても俺は、お前が復活してくれるならそれでいい。その、真崎さん？　に感謝したいところだ。少なくとも規則正しい生活が送れているのは、武藤の顔色を見れば明らかだしな。少し若返ったんじゃないか？」

「……僕、そんなにひどい状態だったか？」

「自覚なかったのかよ。この数年は生気がまったく感じられなかっただろうが」

幽鬼かゾンビだったと言われ、洋治は苦笑した。

「伊佐木、ここぞとばかりに言いすぎだぞ」

「いつか言ってやろうと狙っていたんだよ」

男二人で笑い合い、再び杯を重ねた。グラスの中で、氷が軽やかな音を立てる。

今夜は気持ちよく酔えそうだ。こんなに楽しい酒は久し振りだった。

——絵が描けないと認めざるを得なかった日から——いくら飲んでも酔えないし、どんなものを食べても美味いとも思えなくなっていた……

生きながら死んでいたのかもしれない。

駄目なら駄目で、もう描けないならそれでいいと平静を装っても、本音は先の見えない暗闇でさまようような恐怖が付き纏っていた。

ずっとこの世界しか知らずに生きてきたから、本当は今更離れることなんてできやしない。他の生き方は想像もつかなかった。

だから亀の歩みであっても、戻れるならば帰りたい。心囚われる芸術の世界に——

——そのために、僕はまた誰かを利用しようとしているのか？

かつて婚約者に詰られた通り、葵を都合よく使おうとしていないと、胸を張って断言できるだろうか。

——いや、違う。もうあの頃の僕じゃない。何より、真崎さんは恋人でも何でもない。ただの元学生であり、今は雇用関係だ。ひと月経ったら、解消すればいい。きっとあと一週間もすれば、スランプもよくなっているはずだ。

約束のひと月まであと約一週間。その日までには何もかもが改善されているだろう。

擡げた不安は、強引に心の奥底へ沈める。

洋治は揺れ惑う心とアルコールを、同時に呑み下した。

「だけどあんまり余裕ぶっていると、横から掻っ攫われかねないぞ」

「……何の話だ？」

「武藤にとって真崎さんがインスピレーションの根源なのは間違いないだろう。だったら特別な関係ではないと仮定しても、傍にいてもらうべきだ。とはいえ、今のお前じゃ彼女を引き留めておくのは難しいかもな。武藤の言う通り、恋愛対象でないオッサンの世話を若い女性がいつまでも焼いてはくれない。そのうち飽きるか、別の男に目移りするさ」

普通なら、笑って受け流すか『そうだな』と首肯すればいい。

伊佐木の言うことは、洋治の考えと完全に一致している。それが一番穏便な未来だと自分自身も思っていたのに――

どうしてか身動きも取れず、洋治は氷だけになったグラスの中身をじっと見つめることしかできなかった。

3 視線の攻防

朝から緊張していた『同居開始から一か月目の日』は何事もなく過ぎた。てっきり何らかの話し合いがなされるかと思っていたが、それもない。本当にいつも通り一緒に食事をしてモデルを務め、『おやすみなさい』と言い合って別々の床に就いただけだった。

正直、布団に入ってからも葵は、いつ洋治に『明日出て行ってくれ』と言われるのかとビクビクしていたのだが……気がつけば朝である。

一睡もできなかった瞳に、朝日が暴力的に眩しい。

両目に突き刺さる光の中、葵はショボショボと瞬きした。

——朝食の場で言われるのかな……

だとしたら、結構残酷な話だ。

鏡に映る女は、泣き腫らしたような目をしている。葵は自分の手で顔を覆い、深々と溜め息を吐いた。

――昨夜は大丈夫だったのに、今になって泣いちゃいそう……

契約解消を告げられる想像をしただけでこれだ。もしも本当に彼から『家に帰れ』と言われたら、みっともなく泣き喚きかねなかった。それだけは絶対にしたくないのに。

――一度手ひどく振られて、今回だって女としては見てもらえていないくせに、我ながら執念深いなぁ……結局は『あわよくば』って考えてしまう……

一緒に暮らし、ますます恋情は募っていく。これまで知らなかった洋治の一面を見つける度に、ときめきは大きくなった。

純粋に芸術のためだなんて、絶対に言えない。何て厄介な感情なのだろう。理性ではまるで制御できなかった。

洋治がスランプを脱してくれたなら喜ぶべきなのに、気持ちの整理が上手くいかず、諸手を挙げて歓迎は難しい。

己の意思とは無関係に育つ恋心を持て余し、葵は朝食の準備に取りかかるため台所に向かった。

まだ朝餉には時間が早いが、手を動かしていれば気は紛れる。

祝日の今日、葵の会社は勿論、大学も休みのはず。下手に顔を突き合わせていると、

『同居解消』の話を持ち出される可能性もあった。ならば極力一緒にいる時間は減らした方がいいのか。連休がこんなに恨めしいのは初めてだ。

そんなことを考えつつ、本日をどう過ごそうか思い悩んでいると。

「――おはよう。今朝は随分早いね」

「お、おはようございます、先生……」

早朝から庭を弄っていたらしい洋治が、縁側から入ってきた。

――油断した……まだ寝ていらっしゃると思っていたのに……

「今日は休みじゃないの？　もっとゆっくり寝ていればいいのに。昨日の夜も帰りが遅かったじゃないか」

それは顔を合わせるのが怖くて、あえて残業を買って出たからです――とは言えず、葵は笑ってごまかした。

昨夜は会わないことで、『ひと月問題』を回避する目論見だったのだ。

――結局、夜道は危ないからって理由で、先生が駅まで迎えに来てくれて、道中一緒に歩くことになったけど……

葵の帰宅が遅くなる日、彼は都合がつけば当たり前のように改札まで迎えに来てくれる。いくら一人でも大丈夫だと言っても、『大事なお嬢さんを預かっている身としては、放っておけない』とのことだった。

――私のこと、きっと子どもだと思っているんだよね……保護者気分なのかな……？　叶うなら父親の役割ではなく、恋人の立ち位置で接してほしいのに。洋治との距離感は一向に縮まらない。

いや、正確に言えば一瞬接近した気がしても、すぐに離れていく感覚があった。ある一定の範囲から内側へは入らせてもらえない。その一線を越えようとすると、すぐさま透明のシャッターが下ろされる気がするのだ。

そのため、強引には踏み込めない。手をこまねいているうちに、期限の一か月がやってきた次第だった。

――考えてみたら、昨日なんてまさにそれだったな……

駅で自分を待ってくれている洋治を見つけるのは、とても幸せな気分になれる。いくら子ども扱いだったとしても、好きな男が心配して葵に時間を割いてくれているのだ。嬉しくないはずがない。

勿論、葵だってつい浮足立つ。だが昨日はそれだけに留まらなかった。

――だって昨晩は、初めて見る和装だった……格好良すぎて、狡い。

普段はシャツにスラックスが基本の彼だが、何と浴衣に羽織で駅前に現れたものだから、葵は度肝を抜かれた。しばし、絶句したほどだ。

ただ、数秒固まった後は、見惚れたのは言うまでもない。

――いつもの服装だって素敵だけど、和装の破壊力半端ない……似合いすぎて挙動不審になるかと思った……

あまりにも印象的だったもので、葵は前夜を思い出さずにはいられない。またあの格好をしてくれないかとぼんやり思った。

――来月……まだここで一緒に暮らせていたら、見られるのかな……

昨夜、さりげなさを演じていても葵が洋治の和装を凝視しているのはバレバレだったのか、彼は苦笑しながら口を開いた。

『似合わないかな？』と。

こちらの返答は迷うまでもなく、千切れんばかりに顔を左右に振って示した。

『とんでもない、逆です！　あんまりしっくりくるから、驚いてしまいました……でも、先生のそういう格好を初めて拝見したので、動揺したと言うか……急にどうされたんですか？』

『ああ……今日は父の月命日なんだ。父は僕が高校生の時に亡くなってね。母は父が残したものを息子の僕が身に着けるのを喜んだ。でも流石に洋服は年齢や流行、体型が合わないと厳しいだろう？　だからいつからかこの日だけは和装するのが習慣になったんだ』

少しだけ寂しげに呟いた洋治の言葉が耳によみがえる。

息子が夫の和服を着ることを喜んでいた母がとうに亡くなっても、彼は『癖みたいなも

のだから、やめるタイミングがなかった』と笑った。

両親を偲び、独りひっそりと続けられてきたこと。きっと、誰も洋治がそんなことをしていたなんて知らない。彼の心情を想像すると物悲しくなり、葵は瞳を揺らした。

『――そうだったんですね……私、何も知らなかったのでお供え物も用意していなくて、すみません』

『真崎さんは毎日仏壇の掃除をして菓子や花を供えてくれているじゃないか。充分だよ、ありがとう。それに僕が毎月こういう格好をしている理由は、誰にも言ったことがないしね。きっとただの趣味だと思われているんじゃないかな。打ち明けたのは、真崎さんが初めてだ』

『え……』

では、洋治の和装の意味を知っているのは葵だけなのか。

ドキッと弾ける勢いで胸が高鳴る。甘い痛みが、瞬く間に高揚感へ変わった。

――ふ、深い意味はないよね。たまたま教えてくれただけで……

頭では下手な期待をしてはいけないと分かっている。それでも彼との距離が至極近づいた心地がした。

これまでは絶対に入れてもらえなかった線の内側へ僅かに踏み込めた錯覚もある。

ただの同居人や、元教え子には語られない洋治の一面。実際学生だった当時や共に暮らしたひと月の間では触れることができなかった。

それなのに、とてもアッサリ彼の秘密の一端に触れ、興奮しない方がおかしい。

葵は冷静さを装いながらも、必死に言葉を選んだ。

『で、でしたら……お母様の月命日は何をされるんですか？』

『ああ、母の好物だった和菓子を供えている。父が母のためによく買ってきたのと同じものを。その日だけは、中年男性が一人で甘いものを買うのは恥ずかしいと思わず、堂々としていられる』

丁度いい言い訳だと笑う洋治の横顔を葵は眩しく見つめた。

彼の両親は、本当に仲がよかったのだろう。そんな二人を間近で見てきて、洋治は優しく思いやりに溢れた人になったのかもしれない。

──私も先生とそんな関係を築いてみたい……やっぱり、この人が好きだ……

もっと彼と特別になりたい。知らない顔を見せてほしい。かつての恋人も友人も誰も知らない面を葵にだけ教えてくれたなら。

『……あれ、でも私が先生の家で暮らし始めてから、先生が和菓子を購入してきたことないですよね？』

月命日毎にしているなら、一度は目撃していないとおかしい。不思議に思った葵が首を傾げると。

『――ぁあ、だって恥ずかしいじゃないか。真崎さんにどれだけ甘党なんだと思われるのも、毎月母親のために和菓子をいそいそ買っていると思われることも、できたら秘密にしたい』

『ええ？　別にちっとも恥ずかしくないと思いますけど……』

笑いながら『そんなこと』と言いかけ、葵はハッとした。

――え？　だったら今は話して平気なの？

同居したての頃は内緒にしたかったことも、今なら何気なく話せるのか。それは二人の関係が以前と変わりつつある証明である気がする。

――前よりは先生と距離が縮まったと期待してもいいですか……？

己の心音がドキドキと夜に響く。

息苦しいくらいの甘い痛みに、葵はもう少しだけ勇気を出した。

『あ、あの……っ、では次のお母様の月命日には私が和菓子を買って……』

『――ああ、夜風が気持ちいいね』

明日で一か月の期限を無視し、どさくさに紛れて『未来』の約束を取りつけようとした葵は、やんわりと言葉を遮られた。

はっきりとした拒絶を受けたわけではないけれど、洋治から話を逸らされたのが感じられる。

あえて聞こえなかった振りをされたのだと、気づきたくないのに分かってしまった。

――線を、引かれた……

やっと彼の内側に欠片でも侵入できたと浮かれたのは、勝手な思い込みでしかなかったらしい。

洋治の外側に優しく押し出された気がする。そしておそらく、それは葵の勘違いではない。

近づいたと思えば離れてゆく。いや、実際の距離感に圧倒されるだけなのか。

――まるでお月様だ……

とても大きいから、手を伸ばせば届くのではないかと錯覚し、近づこうとするほどに実際の距離を知る。

遠くから見守ってくれていても、決して触れさせてはくれない。

葵にとって洋治は、そういう存在だった。

見上げた夜空には半月の月がかかっている。『月が綺麗ですね』と言いかけて、葵は意味深な台詞を呑み込んだ。

どちらにしろ、まだ自分は彼の内側には入れてもらえない。もしかしたら、今後どんなに努力しても――

――ああ、後ろ向きなことを思い出すのはやめよう。私だって、簡単に引き下がるつもりはないもの……それに相変わらず絵は見せてくれなくても、このところ先生はほぼ毎日アトリエに籠っている。

モデルを頼まれるのは毎回ではない。まだたった二回だ。

とはいえ、彼がスランプから脱しつつあるのは間違いないだろう。だとしたら、葵が用なしになる日も近い気がした。

──今度はどんな理由を持ち出せば、この家に置いてもらえる……？

まだ生活が苦しいと言うか、それとも通勤時間を理由にするか。しかし帰りが遅くなると気にかけてくれる洋治に、今以上の負担はかけたくなかった。

この家に葵が住む限り、きっと彼は暗くなってからの一人歩きを心配してくれる。それがありがたく嬉しいのと同じくらい、心苦しくもあった。

──私は先生の娘じゃない。……恋人でもない。

名前のつけられない関係性。

それをあともう少しだけ、長引かせたいと望んでしまった。

「……大丈夫です。何だか目が覚めちゃって……」

「そうなのか？　昨夜はあまり眠れなかった？　少し顔色が悪いな」

「……っ」

伸ばされた洋治の手が、葵の前髪を横へ払った。

微かな風が額を掠める。指先が触れるか触れないか微妙な接触。ただ、空気の動きを感じ取った肌は、ひりつく疼きを覚えた。

彼の双眸が葵に据えられる。『目が合った』と表現するには真剣すぎる凝視に、こちらから視線を逸らすこともできなかった。

——何……？　こんなふうにじっと見られたことなかった気がする……そんなに心配してくれたのかな……たとえ髪でも先生から触れてくれるのは珍しいし……

「体調が悪いなら、尚更横になっていた方がいい。朝食なら、僕が用意するよ。パンくらい焼ける。真崎さんが美味しいベーカリーで買ってきてくれたからね。今月限定のペストリー、頬が落ちそうなくらい絶品だ」

「あのパン、気に入ってくださったならよかったです。あの、体調は平気です。本当に何でもありませんから……っ、気にしないで先生は座っていてください」

せめて家政婦代わりの役割を取られてなるものかと強引に彼を押し、居間へと誘導した。すると洋治は困惑しつつも抗うことなく、定位置に腰を下ろす。

「君がそこまで言うなら……でも無理はしない方がいいな。今日はモデルをお願いしようと思っていけど、後日にするよ」

「……え」

聞き捨てならない台詞に、葵は目を見開いた。

それは、何をおいても果たしたい己の役目だ。仮に今日身体が不調を訴えていたとしても、絶対に断るはずがなかった。

「私、大丈夫です。モデル、やらせてください」

「だけど……ゆっくり休んだ方がいいんじゃないか？」

「平気です！　何なら今すぐ始めても構いません」

別に腹が減っているわけではなく、目が覚めてしまったから朝食の支度で紛らわそうとしていただけだ。本音を言えば、食欲はなかった。

それなら洋治とアトリエに籠った方が何万倍もいい。言葉を交わすことはなくても――描かれている間、彼を独り占めできるのだから。

「先生がよければ……ですけど」

「僕はいつでも大歓迎だよ。真崎さんがこの家に来てくれるまで、朝食を取る習慣もなかったしね」

ニコリと微笑む洋治の表情に、下腹が戦慄いたのは何故だろう。

不思議な熱が葵の体内に生まれる。自ら誘っておいて、尻込みしていた。

――だって、視線の色が違う。

つい数秒前までの穏やかな眼差しではない。どこか獰猛な、苛烈なもの。

学生たちを導く教師とは思えない、強くエゴを孕んだ双眸だった。

——アーティストの目だ……

己の目指す芸術のためなら、寝食は勿論、人生や周囲との関係も犠牲にしかねない。本人にその気がなくても、関わる人間は振り回されてゆく。

当人の才能に魅了され呑み込まれて、影響を受けずにはいられなくなるために。

選ばれた人のみに許された、純粋な傲慢さだった。

「……っ、それじゃアトリエに行きますか……？」

不用意に近づけば、火傷程度では済まなくなる。一緒にいたいと願うなら、こちらも致命傷を負う覚悟が必要。

そう分かっていても、葵は引き返す選択肢など微塵も浮かばなかった。

いっそ焼き尽くされたい。彼の生み出す世界の糧になれるなら、本望だ。

女として愛されないならせめて、洋治の創作意欲を刺激できる人間になりたかった。

ゾクゾクと四肢まで痺れが広がる。

どうしようもなく高揚している自分は、少々おかしいのかもしれない。

まるで首筋に肉食獣の牙を突き立てられている気分なのに、嬉しくて堪らないなんて。

漏れ出た息は、熱く滾っていた。

震える喉が、喘ぎめいた音を奏でる。その淫靡さに尚更興奮が募った。

「おいで」

差し出された彼の手に、そっと自らの手を重ねる。操られているみたいだと感じても、不快感はまったくなかった。むしろ支配される悦びがある。

もっと骨の髄まで侵食されたくて、葵は洋治に導かれるまま歩を進めた。

目的地はまだ今日を含めても三度しか入ったことがないアトリエ。

背後で扉が閉じられた瞬間、背徳感が込み上げた理由は自分でも分からなかった。

「今日は、窓際にある長椅子に横たわって」

「先日の続きじゃないんですか？」

「今はリハビリがてら、色んなデッサンをしたいんだ」

乞われるがまま長椅子に寝転び、目線は床へ落とすよう告げられた。今回も見つめ合うことはないらしい。

絡まない視線は、葵だけが彼に見つめられることを意味する。一方的に全てを暴かれる気がして、ふしだらにも疼く場所があった。

部屋を出る時に着替えたから、辛うじてパジャマ姿ではない。それでも部屋着に毛が生えた程度のパーカーにスカートという服装だ。足元は裸足のまま。当然、化粧はしていなかった。

そんな格好で恋しい人に凝視されるのはいたたまれない。

ただ一緒に食事をするのとはわけが違った。

呼吸の度に微かに上下する肩の動きも見逃すまいとする眼差しが、全身へ突き刺さる。うつ伏せで横たわっただけなのに、緊張感が尋常ではなかった。

着ている服を透過して、素肌を見られている錯覚に陥る。それどころか、全身隈なく撫で回されているようだった。

鎖骨から腕へかけて。そこから脇腹の稜線へ。背中の曲線と、この体勢からでは見えるはずもない臍まで。内腿の柔らかな肉すら隠せていない気分になる。

もっと言えば、秘めるべき場所も全て洋治に暴かれていた。

——そんなはずないのに……

先日二度務めたモデルの時とは何かが違う。

あの時も張り詰めた空気は感じたものの、ここまで官能的な眼差しを注がれてはいなかったと思う。

いっそ無機物を観察するかのような冷静さがあった気がしたのに、今日はまるで別物だった。

見透かされる。葵の脆くて純粋な内面まで。

秘密にしたいあらゆるものが抉り出される恐ろしさ。それが怖くて仕方ないのに、同時に愉悦をもたらすから困りものだった。

——ああ、見られている……

今はたぶん、葵の唇辺りを。その前は耳から首筋にかけてだった。

——呼吸もままならない……

二人の間に会話はなく、一方通行の干渉があるのみだ。それも触れずにひたすら『見られる』だけ。

だが強い眼力に炙られて、息が乱れてゆく。肌はしっとり汗ばんで、上気していた。

そんな変化を、葵から目を逸らさない洋治が気づかぬはずもない。きっと全て承知の上で、更に生々しく凝視しているのだと思うと、一層鼓動が荒ぶった。

——どうして身体が熱くなるのだろう……

ジクジクと体内が疼く。伸ばした両脚の付け根が、仄かに熱を持っていた。それを知られたくなくて身じろげば、「動かないで」と声をかけられる。

赤らむ頬へ彼の眼差しが移動したのを感じ取り、葵はゆっくり息を吐き出した。

「もう少し、リラックスできる？」

「え……と、こうですか？」

無意識に力んでしまう両肩から力を抜こうとしても上手くいかない。うつ伏せた体勢も、長く続けていると肘に負担がかかった。

「いや、もっと楽にしてほしい。ぼんやり物思いに耽っている感じで」

「……それなら、身体を起こしてもいいですか。こんなふうに」

慣れない腹這いでは埒が明かないと思い、葵は身を起こした。そして長椅子にしどけなく横臥する。

目線は床や壁ではなく、洋治へ据えた。

「……」

微かに彼が瞳を揺らしたと思ったのは、見間違いだろうか。

瞬き一つの間に洋治の表情は消し去られていた。一瞬滲んだのが動揺なのかそうでないのかは分からない。

けれど絡んだ視線はそのまま逸らされなかった。

「……ぼんやり、物思いに耽っている感じですよね……？」

やんわりと焦点をぼやかして、葵は瞳の圧を和らげた。彼とちゃんと見つめ合いたい欲求はある。視線を絡め、自分も洋治の内側に触れてみたい。

けれどこれが精一杯。ギリギリの攻防戦だ。

昨日までなら駄目だったとしても、今日なら許される心地がする。

だがあと半歩でも強引に踏み込めば、彼のシャッターが完全に下りてしまう予感があった。

「……悪くない」

しばしの沈黙の後、どうやら洋治は納得してくれたらしい。

自らも座り直し、鉛筆を動かし始めた。

紙の上を滑る鉛筆の音だけがアトリエに響く。その心地いい音に耳を傾けながら、葵は静かに彼を盗み見た。

合いそうで完全には合わない視線がもどかしい。それでも、気配だけでなく『見られている』ことが如実に伝わってきた。

――何だかすごく、官能的……

ふと、膝上までスカートが捲くれ上がっていることに今更気がつき、狼狽する。しかしもう裾を直すのは手遅れだ。

晒された己の白い腿に、彼の真剣な眼差しが突き刺さり、一気に肌が粟立った。

身体のどこにも触れられていない。淫らな会話を交わしたわけでもない。そもそもそんな空気は微塵もないのに、何故か淫蕩な気配が色濃く漂った。

呼吸する度に、葵の内側が毒に蝕まれる感覚に溺れる。

弄られている錯覚に襲われ、唇から漏れ出た吐息は明らかに濡れていた。

靴下も穿いていない爪先がキュッと丸まる。そこへ洋治が咎める眼差しを向けてきたから、葵は慌てて脚の力を抜いた。

「……もっと、ゆったり身を任せて」

「は、い……」

喉を擽る自身の声ですら、愉悦の糧になった。震える声帯に眩暈を覚える。必死に理性を掻き集めていないと、どんな表情をすればいいのかも分からず、顔をしかめてしまいそうだった。

そのせいで、作り物の無表情を心がける。

ほんのり色づく肌だけが、葵の心情を雄弁に物語っていた。

指先が冷えて仕方ないのは、それだけ緊張しているからに他ならない。

極力リラックスしているように見せかけて、その実全身の神経は張り詰めていた。特に精神はギリギリまで引き絞られている。

自由に動けないことが、洋治からの甘い束縛のように感じられた。

——先生の視線が、熱い……。

彼はデッサンに没頭しているのか、先ほどから鉛筆はひっきりなしに動いている。

普段の柔らかさはどこにもなく、いっそ射貫かれそうな強い眼力に磔にされた気分だ。

今見られているのは脚。しかしだからこそ、葵はそぅっと洋治の顔に焦点を合わせた。

——ああ……。

学生時代からずっと、彼の背中ばかり見てきたように思う。絵を描いている間は邪魔してはいけないと、背後から静かに見守ることが多かった。

大人の男性である洋治は、いつだって遠い存在。追いかける対象だったせいもある。

それが今、彼は葵だけを見つめていた。

眩暈がする。強かに酔った時でも、ここまで酩酊感に襲われたことはなかった。

一瞬でも気を抜けば、理性を保っていられない。下手をしたらあり得ない言動に走りそうで、葵は必死に己を律した。

見えない手で全身を弄られている気分になる。

毎日卓袱台を挟み食事しているのに、それとはまるで違った。

たとえるなら、命懸けの戦い。さながら暴力を使わずに、互いの急所を狙っている心地だった。

相手に呼吸を重ね、五感をフル活用して全てを感じ取ろうとしている。二人の物理的な距離は離れていても、肌が密着している感覚。

それどころか内側まで触れられている錯覚を抱いて、葵の膝が勝手にビクついた。

「……動かないで」

「す、すみません」

慌てて元の体勢に戻ろうとしたが、動いたせいでスカートの裾がますます上へずり上がった。

引き下げるべきかどうか数瞬迷う。

その間に、嘆息した洋治が立ちあがり、葵の傍までやってきた。

「……じっとしていて」

「あ……っ」

彼の手で、乱れていたスカートの裾が直される。その際洋治の手の甲が葵の太腿を掠め、産毛を撫でる淡い接触に全身が騒めいた。

内腿の狭間を男の指が辿る。直接の接触がなくても他者の熱は感じ取れるのだと、生々しく実感した。

「んん……っ」

漏れ出た自身の声に、愕然としたのは葵だった。

あまりにもふしだらな響きを伴った、完全に女のもの。淫らに潤んだ声音は、『何でもない』とはとてもごまかせない。

偶然そんな音が出てしまったのではないことを、葵が誰よりも理解していたからだ。

——恥ずかしい……っ

咄嗟に片手で口を塞いだのは、無意識だった。

羞恥心が爆発して、何もせずにはいられない。だが慌てる葵の手が、彼に握られた。

触れ合った肌の熱に、脳が沸騰しそうになる。葵が動けない間に、ほんの少しだけ手の甲をなぞられた気がした。

ややかさついた男の指先は、骨ばっている。ゆっくり移動する洋治の手が、こちらの手首を摑み、長い指は易々と葵の手首を一周していた。

そこからじんわりと熱が伝わって、心臓が暴れ出す。

冷静さを保てという方が、到底無理な話だった。

「手はこっちへ」

耳元で囁かれ、横を向き見開いた葵の視界には彼だけが映っている。

見慣れた穏やかな眼差しではなく、真剣で熱い、それでいて鋭い視線をこちらに注いでくる、男の姿が。

「あ……、は、い……」

「髪の乱れも直しておこう」

こめかみを洋治の指が滑る。襟足も直すつもりなのか、彼の掌が葵の首の後ろへ回された。そのため二人の身体がグッと近づく。

喘ぐように継いだ息は、同時に洋治の香りを胸いっぱいに吸い込む結果になった。

――煙草の、匂い……

ここまで接近したのは初めて。どこを見ればいいのかも分からなくなり、葵は息を乱した。震える呼気を気づかれたくなくて、まともに息も吐けない。

僅かでも身じろげば、彼の胸へ顔を埋めてしまいそう。本音では迷わずそうしたい欲求に抗うのは、簡単なことではなかった。

——今、私が抱きついたら、どうなるだろう。

引き剝がされて終わりか。それとも相手にしてもらえず、適当にあしらわれるのか。それとも——と夢想する。

変化を求めながら、恐れてもいる。

五年前よりも格段に洋治は自分を大人扱いしてくれているように感じていた。だが女として見られているかどうかは甚だ疑問だ。

今こそ勇気を出したら何か変わる可能性はあるだろうか。

お試しのひと月の約束は延長になったのだと、きちんと彼の口から告げられたい。まだ自分は全力を尽くし洋治にぶつかったとは言えないはずだ。

できることは全部やって、それでも駄目なら諦められる。

五年前、不完全燃焼で終わったせいで今も恋心が燻ぶっているのだと思い、葵はなけなしの勇気を搔き集めた。

——このままで終わりたくない……

「先生……っ」

勢いよく顔を上げた葵は、至近距離で洋治と目が合った。

まるで抱き合う恋人同士の近さ。けれど身体のどこにも触れてはいない。

それなのに互いの体温も感じ取れる間隔は、余計卑猥さを浮き彫りにした。

「……っ」

息を呑んだ葵に対し、彼は落ち着き払っており、瞠目することもなくじっとこちらを見つめてくる。

半ば洋治が覆い被さるような体勢は、葵から平静さを奪っていった。

思わず長椅子の背もたれに身体を押しつけるけれど、その程度では二人の間にある空間を広げられるはずもない。

さりとて縮まることもない距離は変わらず、室温自体が上がった気がした。

見つめ合っていたのは、数秒にすぎないだろう。

だが絡んだ視線が解かれた瞬間、葵は自分が呼吸を忘れていたことにやっと気がついた。

息苦しさにも無自覚だったと知り、愕然とする。

遠退いてゆく彼の体温と煙草の香りを追いたくなって、伸ばした手は空振りした。

摑めたのは、何もない空間。

洋治は既に身体を起こし、葵に背中を向けていた。

「——やっぱりお腹が空いたな。先に朝食にしよう」

それは、いつも通りの優しく余裕がある彼の声だった。

ついさっきまでの激情を押し殺した生々しさはどこにもない。

束縛や強制力を感じない、葵がよく知る武藤洋治そのものだった。

「は、はい……すぐ準備します……」

動揺する心がどうしてなのか、葵自身も判然としない。束の間訪れたあのひりつく時間を惜しんでいるのか、恐れているのかも明確ではなかった。

ただし、これまでにない目で見られたことは確かだと思う。いいことなのか悪いことなのかは、まだ判別できないけれど。

震える身体を叱咤して、葵は長椅子から飛び起きた。

スケッチブックを片付ける彼の背中に意識の大半を持っていかれながら、台所に向かう。

しかし心はアトリエに置き去りにしたまま。

洋治が今描いたデッサンを見てみたいと、強く願った。

きっとそこには、これまでとは違う自分が描かれているのではないか。己自身も知らない、そして彼にとっても真新しい真崎葵という女の姿が。

そんなふうに思うのは、ただの願望なのかもしれない。

だとしても短い時間でしかなかったが、期待を捨てられない空気が確かにあった。

——私、先生がどうしようもなく好き。

一人の男性としても、芸術家としても。どちらも同じくらい、葵には失いたくない存在だ。

——どうしたら私をもっと見てくれますか？

女としても見られたい。もしも自分が洋治の創作への情熱を取り戻す起爆剤になれるなら、何でもする。手段を選ぶつもりはなかった。

どうせ何もせずいても、進展は見込めない。だったら粉々に砕かれた方がマシだ。

破滅願望とも取れる決意を固め、葵は手早く卵とベーコンを焼き、パンを温めた。生野菜が苦手な彼のため、蜂蜜やヨーグルトを加えたスムージーもこしらえる。

アトリエを片付けた洋治が戻ってくるのとほぼ同時に完成した朝食を、二人は言葉少なにモソモソと食べた。

時刻はもう十時過ぎ。朝食と呼ぶにはいささか遅い。

アトリエでの緊迫した空気はとっくに霧散していたが、それでも互いに緊張は途切れなかった。

上手く会話は続かず、相手の出方を窺っているのが見え見え。

だからなのか、突然の来客に葵も彼もどこかホッとしてしまった。

「あ……私が出ます」

「僕が出るから大丈夫だよ」

軽やかなチャイムに救われた心地で立ちあがった葵を、洗い物をしていた洋治が呼び止める。穿った見方をすれば逃げ場を与えられ、喜んでいるようにも感じられた。

――気まずくなりたいわけじゃないのに……だけどあの出来事は、先生にとって決して小さくなかったということ？

現実には数秒間至近距離で見つめ合っただけ。

しかしその短い間に、彼の瞳に揺らいだのはこれまで目にしたことがない熱だった気がする。燃え盛り強烈な欲を孕んだ何か。葵が渇望して止まないもの。

だがいくら考えても正解は分からず、葵は途中の洗い物を終わらせようと腰を上げた。

「――いきなり来るなんて、どうしたんだ」

玄関から呆れ気味に洋治の声がし、思わず意識が引き寄せられる。砕けた口調から、セールスなどの類ではないことが伝わってきた。むしろかなり親しい間柄だと察せられる。

――先生の友達？　この家で生活するようになって、個人的なお客様がいらっしゃるのは初めて。

しかも来客は「お邪魔するぞ」と言っている。止めようとする洋治の言葉を完全無視し、靴を脱ぐ気配が伝わってきた。

――え、どうしよう。私は引っ込んでいた方がいいかな？　親戚でもない女が一緒に暮らしていると思われたら、先生の評判に傷がつく可能性も……

その上今の葵の格好は、どう見ても部屋着だ。

これではいらぬ憶測を呼びかねない。とはいえ大人として、疚しいところがないならば挨拶すべきかとも迷った。

逡巡で判断が鈍る。来客はせっかちなのか、葵に長く悩む時間を与えてはくれなかった。

「何だよ。まさか玄関先で追い返す気か？　せっかく来たんだから、茶の一杯でも——」

そうこうしているうちに、勝手知ったる他人の家と言わんばかりに一人の男が居間へ入ってきた。

中途半端に立ちあがっていた葵とバッチリ目が合う。

声を発したのは、双方同時だった。

「画廊のオーナー……っ？」

「こんにちは、真崎さん」

ただし前者は驚きの。そして後者はごく自然な挨拶だった。

「え？　わ、私の名前を何故……」

「武藤から話は聞いています。僕のことを覚えていてくださったなんて、光栄だ。どうも、伊佐木と申します」

名乗った伊佐木の背後では、洋治が額に手を当て天を仰いでいた。

「あ……私は武藤先生の元教え子で、真崎葵です」

混乱は一向に治まらないが、葵は培った社会人の性で背筋を正し、丁寧に自己紹介を返した。その様子を伊佐木は興味深げに見つめてくる。意味深に洋治との間で視線を往復させてもいた。

「来るなら連絡くらいしてくれ……」

「そうしたらお前はどうせ外で会おうと言うだろう。俺だって心配していたんだから、色々自分の目で確かめたかったんだ。共同生活は順調みたいで、とりあえず安心したよ」

「気を揉ませたことは謝るが、真崎さんが驚いているじゃないか」

「突撃大成功だな」

意地悪く口元を歪める伊佐木の笑い方は、画廊で見た紳士然とした姿とはまるで違った。悪戯が成功した少年のようだ。

男二人の間に流れる気安さを感じ取り、葵も自然と肩から力が抜けた。

「仲がいいんですね」

「腐れ縁だよ」

「ひどいな。気難しくて面倒なお前と大学卒業後も付き合えるのなんて、俺くらいなのに」

「僕は頼んでいない」

軽口の応酬につい噴き出す。いい年をした男性のじゃれ合いはどこか微笑ましかった。

「お二人はあまりタイプが似ていないのに、とても気が合うんですね」

洋治が不本意そうに顔を歪めるのもおかしくて、葵の笑いは止まらなくなった。

そんな彼の姿を見て、伊佐木もニヤニヤとしている。案外、いいコンビなのかもしれないと感じた。

「――それで？　今日は何をしに来たんだ？」

「仕事の話だよ。この前の個展で興味を示してくれた客が、是非購入したいと申し出てきた」

「へぇ。それならアトリエで話を聞く」

「お、あそこへ入るのは久し振りだな。お前がスランプになってから、ほとんど閉鎖状態だったし。本当にいい傾向だ」

仕事の話なら、自分がいては邪魔になると思い、葵はそっと台所に下がった。ついでにすすぎ切れていなかった食器を洗う。

しばらく考えて、お盆に茶の準備をしアトリエに向かった。

――お客様にお茶を出すくらい、普通だよね……？

出しゃばりだとか余計なお世話とは思われまい。一応、この家に住まわせてもらっている身としては、その程度のことはして当然ではないか。

――それにオーナー……伊佐木さんも『茶の一杯でも』と言っていたし……

好きな人の友人に気が利かない女だと思われることも怖い。

――うん。恩師とお客様のためにお茶を淹れるのは、当たり前だよね。

やや強引に自身を納得させ、葵は廊下を進んだ。突き当たりにあるアトリエの扉の前で深呼吸を一つ。

ノックしようと持ち上げた手は、空中で止まることとなった。

「……前よりは格段によくなっているが、まだ熱量が足りないな」

先ほどまでの明るく快活な様子とは違う、伊佐木の厳しい声が室内から漏れ聞こえた。

葵が咄嗟に息を詰めたのは、『自分が耳にしてもいい話ではない』と思ったせいだ。

――どうしよう……深刻な話をしているみたい。このまま引き返すべき？

頭ではその方がいいと分かっている。けれど葵の足は根が生えたように動かなかった。

両耳は研ぎ澄まされて、中の物音を聞き逃すまいとしている。

盗み聞きは駄目だと理性は囁いても、身体は踵を返すどころか扉にピッタリ身を寄せていた。

――先生のスランプ、あまりよくなっていないの……？

プロの画商である伊佐木の目から見て、満足のいくものではないということだろうか。

不安で居ても立ってても居られない。手にしたお盆の上で、湯呑が音を立てないよう気をつけるのが精一杯だった。

「……僕の絵は、元々迫力や勢いがある種類じゃないよ」

「そういうことじゃない。対象への情熱や興味について言っているんだ。お前の絵には、本質を暴こうとするような切実さがあっただろう。今はそれが足りない」

「自分では、それなりに調子が戻ってきているつもりだけどね」

苦笑交じりの洋治の声に、力はない。

ひょっとしたら彼自身が一番分かっているのかもしれなかった。

「……描く気になっただけでも、かなりの進歩だが……俺は武藤の才能が枯れたなんて思っちゃいない。まだこれからだ。本当のお前は、こんなもんじゃないだろう」

「買いかぶりだよ、伊佐木」

心臓が嫌な音を立て、葵の背を冷たい汗が伝った。

自分だって洋治がこれで終わりだなんて思っていない。彼はまだ輝ける人だ。

そう信じているからこそ、葵は恥も外聞もかなぐり捨ててこの家に押しかけてきた。しかし全てが無駄だとしたら――考えるだけで足元が崩れ落ちる錯覚に襲われる。

よろめきそうになる足を踏ん張り、奥歯を噛み締めた。

――先生の創作意欲を私が取り戻せるなんて……私の傲慢な考えにすぎなかった……？

所詮、元生徒でしかない自分にできることは何もない。彼の役に立てると思い込みたかっただけ。洋治に必要とされる特別な存在であると夢を見たかった可能性もある。

――全部私の自己満足だったとしたら――

「……これは、直近に描いたものか？」

　硬かった伊佐木の声が僅かに和らぐ。明らかに空気が変わったのが感じられ、葵は自らの耳を一層扉に押しつけた。

「――ああ……今朝、描いたものだ」

「……っ」

　アトリエであった、ほんの少し前までの出来事を思い出し、葵は身を強張らせた。

　今朝と言うなら、間違いない。

　自分としては『何らかの変化』があったと感じたあの時間。伊佐木はどう判断するのかと、息を詰めて全身を耳にした。

　その答え如何によっては、己の存在意義が失われる。か細い糸同然の期待が、千切れてしまうのが怖かった。

「――……ふん、なるほど。やはり真崎さんは武藤のミューズのようだ。――だが、問題はお前自身だな。……いったい何を恐れている？」

「何の話だ？」

「分かっているくせに、はぐらかすなよ。これまでのお前だったら、もっと本質を抉るように観察するだろう。このデッサンを見る限り、どこか壁を感じる。見ているようで、見ていない」

　呻きそうになった喉に渾身の力を込め、葵は細く長く息を吐いた。

立ち聞きしている罪悪感と、何としても知りたい気持ち。その二つがせめぎ合う。

今伊佐木の言ったことの意味を解釈しようとして、必死に頭を巡らせた。

——私が……先生のミューズ？　それって私が先生にインスピレーションを与えられているということ……？　でも見ているようで見ていないって、どういう意味……？

少なくとも自分は凝視された自覚がある。

あんなふうに真剣かつ苛烈に見つめられたことは過去に一度もなかった。

けれど足りないのだろうか。あれではまだ洋治の本気を引き出せてはいなかったのか。

「……僕なりに全力で向き合っているよ」

「嘘だな。もっと真剣になれるはずだ。怖がらずに己を曝け出すつもりでぶつかってみろよ。そうしなきゃ、武藤らしく描けるはずもない」

「……」

反論が見つからなかったのか、洋治が黙り込む。束の間落ちた静寂の中、葵は慎重に後退った。

足音を立てないように。震える手が湯呑を乗せたお盆を落とさないように。

止めた息をようやく吐き出せたのは、居間に戻った後だった。

せっかく淹れたお茶を、もうアトリエに持っていく気にはなれない。台所にお盆ごと置き、忙しく深呼吸した。

——私が先生のためにできることは何？

今朝の出来事程度で満足していては駄目だ。あれではまるで届かない。洋治を彼がいるべき場所まで連れ戻すには——

——私にできることは、何でもする。

葵はシンクに手をつき、乱れた息を整えた。

愛しくて尊敬する人のためにできること。自分には辿り着けない高みの景色を知っている人に、凡人でしかない葵が何を差し出せるのか。

——どんな形でもいい。先生が私を必要としてくれるなら……

固めた決意は、重くて熱い。

葵は伊佐木が暇を告げるまで、じっと手元を見続けていた。

お節介で親切な友人が帰った後、洋治はしばらくアトリエでぼうっとしていた。

伊佐木が言ったことが頭の中を巡っている。随分好き勝手なことをほざいてくれたものだと憤るのと同じくらい、『見透かされている』とも思った。

流石は長年の腐れ縁だ。

あの男の観察眼と審美眼には絶対に敵わないと、改めて感じた。

「……まったく……言いたいことを言ってくれたな……」

悔しいのは、友人の言い分があながち的外れではなかったからだ。

確かに自分は恐れている。

葵をモデルにし、彼女を『見る』ことも、彼女から『見られる』ことも。

だから描きたい気持ちはあっても、極力視線が絡まないポーズを要求していた。

もし不用意に見つめ合えば、歯止めが利かなくなる予感がある。その結果どうなるのかについては、考えたくもなかった。

——今朝は危うかった。

葵がこちらへ顔を向けるポーズを提案した際、どうして即座に却下しなかったのだろう。

あの時断っていれば、おかしな空気になることはなかったのに。

今まで通り、リハビリがてらのデッサンで濁すこともできたはずだ。何なら手脚のみのパーツモデルを頼んでもよかった。

——いいや、無理だ。彼女を描きたい欲の方が勝っていた。

忘れていたはずの衝動が、あの瞬間確かに燃え上がった。

自分ではコントロールできない欲求に呑まれ、かつての情熱を取り戻しかけたのは間違いない。ただ問題は、その後。

——触れたい、と願ってしまった。

葵の本質は勿論、髪や肌にも。

——馬鹿な。あの子は教え子だぞ。それも二十も年下の……僕から見れば、まだまだ子どもじゃないか。

だからこんな感情は間違っている。

もし万が一、彼女が五年前と変わらない想いを抱いてくれていたとしても、それは一時の気の迷いだと諭すのが、人生の先輩である自分の役目だ。

二十代の女性とあと三年で五十になる男が、同じ未来を望めるわけがない。親子と間違われてもおかしくない年の差だ。

あわよくばと手を伸ばすのは、己の矜持が許さなかった。そんな資格だって自分にはない。

葵をそういう対象に見ていると知られること自体、罪深く感じる。何を血迷っているのかと冷笑するのは、世間以上に洋治自身の心だった。

——これ以上は先に進むべきじゃない……。

今ならまだ、引き返せる。

スランプに関してはここまで回復すれば、充分だろう。あとは細々と創作を続ければ、いずれまた本気で絵に向き合える日が来る気がした。

――たとえ希望的観測でしかなくても――

ゆっくりと瞼を下ろし、迷っていた心を決めた。

――真崎さんに、同居解消を伝えよう。

本当なら昨夜のうちに言うべきだった。約束のひと月を迎えたその日に切り出して、報酬を支払い終わりにするのが正しかったのだ。

けれどひと月振りに父の浴衣を身に着けたせいか、語る必要のない話が口を突いた。更には母の話までして、自分でもやらかしたと思う。つい、機を逸した。

下手に未練を消せず、後回しにしたのが失敗だったと言わざるを得ない。

あともう少しと欲をかいたせいで、まさかこんなふうに追い詰められるとは。

――いや、自業自得だな……悪いのは他でもない、僕だ。

アトリエで視線が囚われた瞬間、我慢ができなかった。必死に理性を掻き集めなければ、きっと今頃過ちを犯していたと思う。

踏み込んではいけない領域に危うく分け入るところだったのだと、背筋が震えた。

――それなりに年を取っているくせに、情けない――

十代二十代の若造でもあるまいし、そんな欲望はとっくに枯れたと思っていた。

かつての婚約者に対しても、もっと淡泊だったはずだ。

それが葵には何故、こんなにも渇望が煽られるのだろう。

自分でも持て余す衝動に頭を抱えたくなり、思い切り嘆息する。

いっそ冷水でも被って頭を冷やそうかと洋治が考えた時、アトリエの扉が控えめにノックされた。

「——先生、入ってもいいですか？」

「あ……ああ、勿論構わないよ」

ほんのり上擦った声は、狡い大人の経験値で糊塗した。

鷹揚に構えた振りをして、今己の頭を占めていた彼女を室内へ迎え入れる。

入ってきた葵は、着替えたらしく綺麗なワンピースを身に着けていた。

「真崎さん、出かけるの？」

きちんと化粧もしているようで、瞳を縁取る色味に視線が引き寄せられる。洋治は艶を帯びた唇を思わず見つめてしまい、そこから意識を引き剝がすのが大変だった。

「いいえ。どうせならちゃんと装った私を描いてもらいたいと思って」

どうやら彼女はモデルを務めるためにアトリエにやってきたらしい。朝食を食べたから、改めて作業続行だと考えたのかもしれない。

そんな健気な生真面目さを無碍に断れず、洋治はぎこちなく笑った。

「そうか、ありがとう。それじゃまた長椅子に……」

葵に背中を向け準備を始める。しかし、いつまで経っても移動しない彼女に違和感を覚えた。

「真崎さん……？」

それどころか耳慣れない衣擦れを疑問に思い、振り返った刹那、洋治は愕然とした。

床には、脱ぎ捨てられたワンピース。

葵は軽く身体を隠すように、両腕を胸の前で交差させていた。

おそらく初めから下着は身に着けていなかったのだろう。一糸纏わぬ白い肌が、昼間の陽光に照らし出されていた。

「何を……っ」

「先生、私をちゃんと見てください」

彼女の声は、震えていた。よく見れば、手足も小刻みに戦慄いている。

頬は真っ赤に染まり、潤んだ瞳は忙しなく揺れ惑う。決して悪戯心や思いつきの行為ではないのだと、その様子から伝わってきた。

「どうして、こんな……は、早く服を着なさい」

「先生、私がモデルをすれば、絵を描く気になれるんですよね？　だったらちゃんと全部見てほしい。先生の情熱が完全に点るまで、お付き合いしますから」

裸足のまま、葵が一歩踏み出す。

足音はしないのに、彼女の心音が聞こえる気がするのが不思議だった。

瑞々しく魅力的な肢体が、ゆっくりと近づいてくる。見てはいけないと思っても、視線が搦め捕られた。瞬きすらできず呼吸が乱れる。

洋治が壁際に追い詰められるまで、時間はさほどかからなかった。

「目を逸らさないでください。私、全部……先生に見られたい」

柔らかな女の双丘が洋治の胸へ押しつけられ形を変える。その卑猥すぎる光景に、喉が鳴った。

身体の中心に熱が集まって、血潮が全身を駆け巡る。

葵の細い腕が自分の胴に絡みつくまで、洋治は身動きできず硬直していた。

「真崎さん、冗談はそれくらいに……っ」

「私、冗談でこんなことできません。ここまでしても、先生は私を本当の意味では見てくれませんか？　まず私が怖がらずに己を曝け出します。だから先生も……」

その言葉で、先ほどの伊佐木と自分の会話を彼女が聞いていたのだと悟った。

だからこんな暴挙とも言える手段に出たのかもしれない。

まるで捨て身の行動に唖然としたのは言うまでもなかった。

「真崎さんがここまでする必要はない」

「それは私が決めることです。私には充分意味があるし、価値がある行動なんです」

強い眼差しで言い切られ、洋治は言葉に詰まった。

あまりに潔い思考に驚くより他にない。しかし考えてみれば葵は昔からそんな一面があったことを思い出した。

生真面目で一所懸命。猪突猛進なところがあり、常に誠実。信じた道をひた走り、挫折しても再び立ちあがれる強さを持っていた。

そういう彼女だから目が離せなくて、ずっと心に引っかかり続けていたのではないか。叶うなら、もっと傍でこの先も見つめていたいと願うほどに。

「だ、駄目だ」

しかしそんな思いこそが、洋治にとっては断ち切らねばならないものでもある。かつて大事な人を傷つけた己に科された十字架だった。

「――怖いんですか？　私に内側を覗かれるのが」

挑む眼差しで葵が見上げてくる。その双眸にチラつくのは不安と挑発。

泣き出す一歩手前のように赤くなった瞳が、途轍もなく痛々しく――綺麗だと感じた。

「私は先生になら全部覗かれても構わないのに。先生は違うんですか？」

瞬間的に脳裏に過ったのは、かつて己が吐いた台詞。

――『覗き込まれてもいいと思える相手に出会えたら、モデルをお願いするかもしれない』――

あの時言った言葉の意趣返しをされているのだと、不意に思い至った。

——描きたい。

今、自分にしがみ付いてくるこの女を。

全部暴いて、隠している裏側まで隈なく触れてみたいと思った。

その過程でこちらも覗き込まれても構わない。全てぶつけ合ったら、これまでとはまるで違う場所へ到達できる予感がした。

他の誰でもなく、真崎葵の存在が洋治を掻き乱し情緒を揺さ振ってくる。その嵐同然の力に抗うことは、もう難しい。何より、これまでなりを潜めていた『創作欲』が檻を破ろうとしていた。

——どんな構図で、色彩は？　何を一番表現したい？

その手を取ってはいけない。彼女よりもずっと大人の男として、きっぱりと断るのが正しい。

頭では分かっている。

けれど貪欲でエゴイスティックな本性は、洋治の意思をせせら笑って葵の手を引いた。

全身を支配する衝動は凶悪そのもの。ここまでの情動を最後に感じたのは、いったい何年前か。

思い出そうとして、同じように葵を描いたあの時だと気がついた。

彼女の告白を袖にしておいて、眠る姿が忘れられなかった愚かな男。渦巻く激情を吐き出さなければ、この先へ進めないと思った。

だが現実はどうだ。

全て吐き出す勢いで一枚の絵にぶつけてみれば、空っぽになった男が残されただけ。あれから何をしても、どこへ行っても、いくらインプットを重ねても、空になった器を満たすことはできなかったのに。

今この瞬間、溢れ出しそうなほど満杯になっているのを感じる。今すぐ何とかしなければ、器自体が壊れてしまいかねなかった。

「……今更やめると言っても、聞いてあげられないよ」

「言いません。そんな軽い覚悟でこんなことはできません」

手を繋いだまま長椅子へ葵を誘い、そこへ座らせた。背もたれに寄りかかった彼女は、真っすぐこちらへ視線を注いでくる。

その眼差しを真正面から受け止めて、洋治も椅子に腰を下ろした。

対峙する二人の距離は数メートル。ほんの数歩で触れることもできる。

だがあえてこれ以上は近づかず、見つめ合うのみに留めた。

瞳で交わす会話と愛撫は、もどかしく官能的だ。直接髪を梳くよりも淫靡に、葵の頭を撫でている気分になった。

華奢な首から鎖骨にかけてが艶めかしい。

しなやかな手足とほっそりとした体型からは想像もできない豊かな乳房は、頂を赤く色づかせていた。

形のいい二つの膨らみは殊更に真っ白で、新雪よりも踏み荒らしてはいけない心地にさせられる。

括れた腰は感嘆するほど優美な曲線を描き、下腹には愛らしい臍が覗いていた。更にその下には、彼女の髪色と同じ繁みがある。

両足を揃えて座っているので、秘めるべき場所は見えない。

それでも伸びやかで理想的な形の腿やふくらはぎが、こちらの想像力を掻き立てた。

円やかでありながら、余計な肉のない美しい身体。

葵の強い生命力を内包する肢体は、昼間の光の中で自ら輝くような煌めきを放っていた。

その弾ける粒子をどうやって絵に落とし込んでいこうか、考えるだけで高揚してくる。

もっと観察し、根こそぎ理解し捉えなくては、望むものを描き出せそうにはない。

何よりも彼女の強い眼力が宿る双眸を映しとるには、臆すことなく見つめ合わねば無理だ。

己の内側を覗き込まれるのを承知の上で、葵の内部も探ってゆく。

幻の手を握り合う気分で、呼吸が重なっているのを感じた。

持ち直した鉛筆を白いキャンバスへ滑らせる。

芯が引っかかる感触を心地よく味わい、洋治は夢中で手を動かした。

焦げつく視線を絡め合い、一瞬たりとも見逃すのが惜しい。動かない彼女が姿勢や表情を変えることはないのに、それでも瞬きする間すら勿体ないと思った。

全てを記憶と網膜に刻みたい。自分だけが知る葵を、せめて絵の中へ閉じ込めたかった。

「……少しだけ、唇を開いてくれるか？」

洋治の要望に応え、彼女が僅かに口を開く。ちらりと覗く白い歯が、強く理性を揺さ振った。

その奥には赤い舌が隠れていることを知っている。生温かい口内の感触を想像しかけ、洋治は慌てて妄想を打ち消した。

だが逸らした視線の先に、健気にそそり立つ乳首が飛び込んでくる。その赤さが鮮烈で、別の夢想が首を擡げた。

誰か別の男がそこへ触れたことはあるのか。いや、もっと淫らな場所を許した相手がいるのではないか――

――駄目だ。何を考えている。そもそも僕には関係ない。

集中して絵を描こうと心がけても、ふしだらな空想は止まらなかった。一度火がつけば、どんどん大きくなる。

別のことに気を取られてしまうのは、偏にモデルである葵との間に確固とした関係を築けていないせいだった。

全てを曝け出すにはまだ知らないことが多すぎる。

そんなものがなくても描ける画家もいるだろうが、自分は違った。

対象を理解し熟知しないと本質を描き出せない。完全に呑み込まなければ正確に捉えられなかった。

――例えば柔らかさを表現するのに、本物の手触りを知っているかどうかが大きく影響を及ぼす。

匂いは、味は。楽器であれば、どんな音色を奏でるのか。

絵には描けないそれらの情報だが、無関係ではない。

己の体験のあるなしで、変わってくる。少なくとも洋治は、ずっとそう信じてきた。

だから椅子から立ちあがったのは、完全に無意識。

引き寄せられるかの如く、気づけば葵の目の前まで迫っていた。

「そうじゃなくて……こう指を当てて」

彼女の手首を取り、ポーズを整える。

未だかつてないほどの接近に葵の肩が小さく跳ねた。

彼女の指で、赤い下唇を押し下げる。果実めいたその色味に、魅了されて止まない。

洋治が思わず自らの手で葵の唇へ触れたのは、当然の成り行きだった。

襟足を直そうとした時よりも、生々しい感触。肌の温もりとほんのり湿った質感。

ふ、と漏らされた吐息が微かな風になってこちらの指先を擽った。

「……っ」

息を詰めたのはどちらが先か。

おそらくほとんど同時だ。見開いた双眸で相手を視界に捉えたのも。

瞬きもできず見つめ合い、互いの瞳の奥に何かを探した。

離れるべきだと理性は必死に叫んでいる。けれどその声は、彼女の舌が洋治の指を掠めたことで完全に消え去った。

意識を張り詰めていないと知覚できないくらい淡い接触だったにも拘わらず、全身が一気に粟立つ。頭髪すらも逆立つ感覚に、誰より驚いたのは自分自身だった。

紛れもない愉悦が末端まで広がってゆく。

痺れに似た官能は鎮まる気配もなく、瞬時に火力を上げた。

焦げつく情動が体内で暴れるのを感じ、身を引こうと思う端から葵へ触れる面積を増やしてしまう。

人差し指だけだったものが五指へと。やがて掌全体に。

制御できず、広げた両手で彼女の頬を包んでいた。

吸い付く肌の感触に眩暈がする。弾力のある瑞々しさが、かさついた己の手とは違い、

『他者の存在感』を否応なしに伝えてきた。

深酒をした覚えはないのに、酩酊感でクラクラする。それとも酸欠になっているのか、洋治の思考力はどんどん鈍麻してしまった。

正確に知覚できるのは、柔らかく温かな葵の肢体だけ。後は彼女の息づかい。それ以外は全て、遠く意識の外へ弾き出された。

ゆっくり動いた葵が、頬に押し当てられていた男の手へ自らの手を重ねてくる。

視線は洋治と絡んだまま。甘い香りがアトリエに染みついた油絵の具の匂いを駆逐し、濃く深く漂った錯覚がした。

——彼女に触れたい。

その思いが、画家としてモデルに対するものなのか、それとも男としての欲なのか、考える暇もなかった。

頭を満たすのは願望だけ。

自分をここまで掻き乱す存在を捕らえたい。腕の中に閉じ込めて、全てを暴き手に入れたかった。

そうしないといつまで経っても前には進めない。ずっと足踏みしたまま腐ってゆく予感がする。おそらく勘違いではないと、洋治が一番理解していた。

己の全てだった芸術への情熱を途切れさせたのも掻き立てたのも、どちらも葵だ。

いつだって彼女があらゆる岐路に立っている。良くも悪くも、自分は葵に影響を受けていることは認めざるを得ない。

ならばここから再び歩き出すのも、彼女がきっかけになるのだろう。

思うまま手を伸ばしたい。葵もそれを望んでいる気がする。だとしたら何を遠慮することがあるものか。

囁くのは洋治自身。心の天秤が忙しく揺れる。大きく傾きかけた刹那――

――『また他人を利用するの？　私みたいに貴方を愛した女を、都合よく使って。結局貴方にとって他人は全部、大した価値のない踏み台なのよ』――

かつての婚約者の声で囁かれる言葉に、暴走しかかっていた洋治は頭を殴られた気がした。冷静になれと叫ぶ声も戻ってくる。

大事なものをもう傷つけたくはない。最低な人間になりたくなくて、洋治は無理やり葵から離れようと身体を引いた。

だが。

「先生、私は貴方の力になりたいです。だから思う存分利用してください。私は先生自身のことも、貴方が創り出す絵の世界も同じだけ好きなんです」

真摯な声音で紡がれた言葉に息を呑んだ。

沸騰していた思考が急に落ち着いてくる。

揺れる瞳を彼女に据えれば、葵が柔らかく微笑んでくれた。

「私にとっては、画家としての先生が一番素敵。だから昔の情熱を取り戻せるよう、私にできることは何でも言ってください。その代わり、逃げないで」

ある意味で一番残酷な台詞を吐き、彼女の手が添えられたままの洋治の手と一緒に下へ降りてゆく。

首を通りすぎ、鎖骨へ。そこから更に下降して豊かな膨らみへと。

押しつけられた乳房の柔らかさは、洋治を硬直させるのに充分だった。

「私の全部を見てください。そして先生も隠さないで」

キリキリと頭も心臓も軋みを上げる。

辛うじて保っていた理性の秤は、音もなく片側に傾いた。

「……っ」

抱きしめた華奢な身体は、想像以上に小さくて、洋治の腕の中にすっぽりと収まる。

あんなにも触れることを恐れていたのに、今はもう僅かな隙間も許せなかった。

がむしゃらにしがみ付く勢いで葵を掻き抱き、大きく息を吸う。

指の隙間からこぼれる髪は、この上なく艶やかで気持ちがいい。裸の肌はどこもかしこもすべすべで、永遠に触っていたくなった。

強く抱きしめすぎたせいか、しなった彼女の腰が魅惑的な曲線を描き、見事な稜線へ手を遊ばせれば創作欲と欲情が同時に湧き起こる。

もはや抗う気にもなれず、洋治は果実めいた唇へ口づけた。

最初は軽く触れ合わせるだけ。次第に深くなるキスは、すぐに舌を絡める淫靡なものへ変わっていった。

「は……っ」

「先生……」

「今は、名前を呼んでほしい」

「え……」

唾液を混ぜ、いやらしく水音を奏でる。

夢中で葵の口内を味わっていると、彼女の手が洋治の背中を叩いてきた。

「名前を呼んで……いいんですか?」

「むしろ呼んでくれ。先生と言われると、とても悪いことをしている気分になる。それに君は——もう僕の生徒じゃない」

だったら何なのか、と問われないことに心のどこかで安堵する。

もしそう聞かれていたら、自分は明確に答えられた自信がなかった。

画家とモデル。それとも同居人。はたまた雇用関係。

どれも正しい。だが同時に歪な二人の状況を正確に言い表しているとは言いきれなかった。

――僕自身、どんな答えを望んでいるのか分からない。

けれどもう引き返せない。引き返したくない。

縺れるように絡まり合って、二人は長椅子に倒れ込む。

押し倒した葵を真上から見つめ、洋治はもう一度彼女にキスをした。

4 名前のない関係

誘惑とも呼べない拙い行為は、駆け引きなんてどこにもなかった。

まさに言葉通り、裸でぶつかったとしか言えない。

これで駄目ならもう打つ手はないと、崖っぷちだった。

葵が洋治を絵の世界に引き戻せると思うのは、傲慢な勘違いにすぎない可能性もある。

だが無我夢中でぶつかった結果、初めて彼の内側に少しだけ触れられた気がする。

アトリエの長椅子の上で互いに素肌を絡ませ、生まれて初めて成人男性の裸を間近で目にした。

海やプールで見かける年若い異性の肌とは違う。

やや瑞々しさは失った皮膚の質感。色艶やハリ。しかしそれらの差異を、葵は嫌だとは微塵も思わなかった。むしろ愛おしい。

この身体が沢山の作品を生み出してきたのだと思えば、敬愛以外の感情は湧いてこなかった。

それに洋治の肢体はだらしなく弛んでおらず、引き締まっている。ただ貧相に痩せているのではない。おそらくそれなりに節制し鍛えているのだろう。だからどれもが大人の男の魅力だとしか感じなかった。

「……洋治、さん……」

勇気を出して彼の名を口にすれば、洋治が微笑んでくれた。

まさか彼から名前を呼んでくれと乞われる日が来るとは想像もしていなかったので、今も混乱している。

ずっと先生と呼んできたから、急に下の名前で呼ぶことには慣れない。何より、年上の男性に対しそんな親しげな態度を取ること自体、生まれて初めての経験だった。

「うん」

洋治の目尻の皺が一層深くなる。

葵には一生追いつけない年月の重みを、そんな些細なことにも感じ、不思議と泣きたくなった。

「私のことも下の名前で呼んでください」

「……葵」

流石は年の功なのか、彼はあまり迷う様子もなく望みを叶えてくれた。

女の名を呼ぶことに、さほど抵抗がないのかもしれない。その事実がほんのりと葵の胸を嫉妬で焦がした。

――そりゃ私より二十年も長く生きているんだから、色々な経験を積んでいるのは当たり前だけど……きっと沢山の女の人と出会ったはずだもの……

一時は結婚を誓った相手だっていたのを知っている。

何があって破談になったのかまでは不明でも、生涯を共にしようと考えるほどに愛した誰かがいるのは間違いなかった。きっと洋治は他にも様々な恋愛をしてきたのではないか。

――……嫌だな……

焦げつく胸の痛みは、昔よりも鋭くなっている。つまりあの頃よりも想いが深く大きく育っている証拠かもしれなかった。

五年前は『憧れ』の方が勝っていたけれど、今は一か月を共に暮らし、沢山の彼の素顔に触れている。

優しい点も、ややズボラなところも。それから創作に没頭し、真剣になると少しだけ怖い空気を放つことも。

どの記憶も、葵の宝物だ。なくしたくない、大事なもの。

だがもしかしたらそういった全てを、別の誰かも知っていると思うと、消化しきれない苛立ちが滲んだ。

会ったこともない女の影に心乱される自分は滑稽だ。けれど仕方ないとも感じる。それだけ洋治に惹かれている。世界の中心と言っても過言でない。恋愛感情だけでは収まらない想いで、葵は彼を見つめてきたのだから。

「もっと……何回でも呼んでください」

「葵」

過去の恋人の名前を囁いた回数より、自分の名前を口にしてほしい。そんな強欲で無茶な願いをぶつけたくなる。洋治を困らせたくないと自制しても、溢れる感情が葵を大胆に変えた。

――今は私だけを見つめて。

覆い被さる彼の後頭部に手を添えて、若干強引に引き寄せた。

自らキスをするのは、これが生まれて初めて。技巧も駆け引きも何もない。ただ無我夢中で合わせた唇の奥で、軽く歯がぶつかってしまった。けれどそんなことはどうでもよくて、懸命に舌を伸ばし、拙い誘惑を施す。

粘膜を絡め、唾液を啜り、同時に洋治の髪へ指を遊ばせた。

「は……っ」

呑み下しきれなかった唾液が口の端を伝い落ちる。いったん唇を解けば、互いの間に透明の橋が架かった。

——煙草の、匂い……

苦くて、不思議と甘い。嫌いなはずのその芳香と味が、さながら媚薬に変わったよう。もっと味わいたくなって、葵は再び口づけを求めた。

伸ばした手で彼の髪を掻き乱し、わざと淫靡に舌を蠢かせる。洋治の気が変わらないよう、必死に彼の興奮を煽った。

こんな好機は、きっと二度と訪れない。逃せば永遠に手に入らないに決まっている。

それがたとえ一度だけの関係だとしても、後悔しないと断言できた。

大きな掌が葵の横腹を撫で下ろし、腰を回って臀部を摑まれる。弾力と丸みを確認するかのような動きに、急に羞恥心が募った。

「あ、あの……っ、そんなところ……」

「葵は見かけと違って、案外筋肉がついている。スポーツをしていた？」

「いいえ。根っからのインドア派です。ただあの、就職してから高めのヒールを履いていることが多いからかもしれません。終電に乗り遅れそうになって、全力で走ることもありますし……」

「ああ、なるほど。——綺麗だな」

筋肉を褒められて赤面するのは、何だか滑稽だった。しかも大殿筋だ。

もっと他に言うべきことがあるのではないかと思ったものの、こんなところもある意味では洋治らしいと苦笑した。描く対象への観察と探求心。それが葵に向けられている。

「気になるなら、思う存分触って確認してください。私の造形を」

視線だけの愛撫でも官能は高められたけれど、実際に触れ合う感覚は遥かに鮮烈だった。彼の息づかいすら、擽られている気分になってくる。洋治の髪が葵の肌を掠め、思わず首を竦めずにはいられない。リアルの接触では呼吸や鼓動も大きな影響を及ぼす。

何気ない動きが思わぬ効果を生むこともあった。

「あ……っ」

尾てい骨辺りを探られ、淫らな声が堪えられず背筋が震える。

自分でもそんな場所が性感帯だなんてまったく知らなかった。

だが上下に摩られるだけでゾワゾワとした掻痒感が広がってゆく。何故か指先までが騒めいて、一気に愉悦が高まったのが分かった。

「駄目です……っ、そこ……ぁ、んッ」

「じゃあここは？」

「ひぁ……ッ」

下から上に向かって背骨を辿られ、勝手に涙が滲んできた。

腹の奥がジクジクと疼く。思わず葵が両脚を擦り合わせると、膝に彼の手が置かれた。

「ん……」

決して強くはない力で、太腿を押し開かれる。抗おうと思えば、いくらだって抵抗できる程度のものだ。けれど虚脱した葵の膝は、従順に左右へ分かれていった。

「……っ」

心臓が壊れそう。恥ずかしいのに快楽もある。

見られていると感じるだけなのと、真実凝視されているのを自らの目で確認するのとでは、完全に別次元の話だった。

火傷しそうな眼差しに炙られて、脚の付け根が熱くなる。それは葵の体内も同じなのか、何かが溶け出す感覚があった。

トロリと溢れる滴が、葵の内腿を濡らしてゆく。

何もかも初めてでも、身体は愛しい人を迎え入れるために準備するのだと、心の片隅でホッとしていた。

大学に入るまで色恋には興味が持てず、洋治に惹かれてからは他の男性なんて目に入らなかった。

振られて就職してから色々な人に出会いはしたが、それでも心の奥、一番柔らかく脆い場所から彼が消えてくれることはなかったのだ。

だから葵はずっと洋治だけを想っていたと言っても過言ではない。途中何度も忘れようと努力はしても、それ自体が忘れられやしないことの証でもあった。

そんなふうに何年も彼以外に目移りしたことがないから、こんな行為も当然初めてに決まっている。

裸を見せることも。口づけを交わすことも。素肌に触れることも。

洋治が教えてくれることが、葵の知る全てだった。

「……っ、耳は擽ったいです……っ」

「じゃあ積極的に舐めよう」

「んん……っ」

卑猥な水音が、直接耳孔に注がれる。熱く滑る洋治の舌が差し込まれ、いやらしい音と共に愉悦が荒ぶった。

もがくほど擽ったいのに、全身から力が抜けそうにもなる。

脳に響く淫音のせいで、思考はグズグズに蕩けていった。

彼の呼気が葵の肌を湿らせ、得も言われぬ生温い風を起こす。こめかみやうなじに鼻を擦りつけられて、何故か下腹が戦慄いた。

「や……ぁっ」

触るという行為一つとっても、乳房を揉まれるのと爪で擦られるのとでは、異なる喜悦が掘り起こされるのだと初めて知った。

更にはそそり立った胸の飾りを摘まれると、淫悦が腰に響くことも。

「ひゃぅ……っ」

ただでさえ処理しきれない快感を立て続けに与えられ、再び耳に舌を捻じ込まれると、葵はもうどうしていいのか分からなくなる。

潤んだ場所にはまだ触れられていないにも拘わらず、温い愛蜜が滴り落ちた。

「は……ァッ」

「大丈夫、力を抜いて」

ビクッと強張った肩を撫でられ、緩く息を吐く。自分の乳房が洋治の手で思うさま形を変えられる様子は、視覚からの暴力同然だった。

淫らで目が離せない。むしろ息を凝らして見つめてしまう。

ただでさえ赤く尖っていた頂は、より色味を増し膨れていた。

「恥ずかしい……っ」

「僕は嬉しい。君が健気に反応してくれて、強請られている気分になれる。そのまま全部任せてほしい」

言葉も物言いも理知的なのに、彼の双眸は獰猛にギラついていた。

男の目だと悟り、思わず葵の喉が鳴る。

欲しかった眼差しが自分にだけ注がれているのを感じ、興奮しないはずがない。小さく顎を引き、潤む瞳を瞬いた。

「……そういう視線を男に向けるのは、危険だよ。自制の利かない奴が相手だと、葵を傷つけかねない」

「……そんな相手と、こういうことはしません」

「だったら、よかった」

互いに本当は口にしなければならない核心を避けている自覚はあった。

だがそれを今言ってしまうと、全部が壊れてしまう恐れがある。臆病故に後回しにせざるを得ない。長年焦がれてきた人の腕の中にいる喜び以上に、優先したいことは一つもなかった。

「洋治さん……っ」

腫れた乳嘴を彼の口内で転がされ、むず痒い愉悦が生まれる。見せつけるように洋治が舌をひらめかせるせいで、葵の胸の飾りはたちまち唾液塗れになった。

透明の液体で濡れ光る赤い突起が淫靡に目を射る。

腹を撫でられると、男の掌の温もりが身体の芯まで染み込む気がした。

ほんのりと圧をかけてくる彼の指先が、僅かに葵の腹に沈み込む。そのまま下へ移動し行き着いた先は、当然秘めるべき場所だった。

「……ふ、ぅ……ッ」

下生えを掻き分けた洋治に肉のあわいをなぞられ、閉じた入り口を刺激される。けれどそこが既に綻び始めているのは、ぬるりとした感触が教えてくれた。

「あ……っ」

「葵が嫌がることはしない。君はただひたすら、感じてくれるだけでいい」

何物も受け入れたことがない秘裂は、蜜を滲ませながらも異物の侵入を拒んでいる。僅か第一関節分の指先でも、押し込まれると引き攣れたような違和感があった。

「キツイね。葵の身体が許可してくれるまで、時間をかけて解していこう」

「先生……っ、ぁ、あッ」

「先生じゃなく、名前で呼ぶように言ったじゃないか」

額にキスを落とされて、甘く囁かれた。

余裕のある手つきで、洋治が陰唇を摩る。掌全体で揉み込まれると、温かさも相まって緊張が微かに緩んだ。

いきなり敏感な場所へは触れてこない気遣いにホッとする。

慣れていない葵には全てが未知で、『この人が相手なら』と心を決めても怯えまでは払拭できなかった。

「――洋治さん、実は私……初めてなんです」

「そうだろうな、とは思っていた。――嬉しいよ、大切な機会を僕に預けてくれて。逆にこんなオジサンが相手で、申し訳ない」

　葵の年齢になれば、友人の大半は恋人がおり、結婚している者も少なくない。だからこそ交際経験もないことが葵の秘かなコンプレックスでもあった。

　——二十七歳で処女なのは、友人たちと比べて少し恥ずかしかったけど……彼になら、正直に曝け出せる。

　嘲笑われる心配がなく、信頼して身を任せられると確信できるからだろうか。

　変な反応をされたらどうしようという不安は、すぐに霧散していた。

「オジサンなんて……」

「ただの事実だよ。僕は君より二十年も長く生きている。……だけど今、初めてそれがよかったと思えるかな。若い頃のようにがっついて、自分の欲望に振り回され葵を傷つける心配はない」

「洋治さんにも、そういう時期があったんですか？」

　それは少し意外だった。

　考えてみれば当たり前だが、彼にもいわゆる若気の至りと呼ばれる時代があってもおかしくない。

　血気盛んで、肥大した自意識を持て余し、他者よりも自分のことしか見えず、未熟な心に振り回されていたとしても、ごく普通のことだ。

——でも私が知っているのは、『大人』の先生だけ。だからまるで想像できない。

「……その時代の洋治さんにも、会ってみたかったな……」

「僕は遠慮したいな。——これでも葵の前では見栄を張っている。成熟した男のまま認識されていたい。……少し熟しすぎているかもしれないが」

「自虐なんて、洋治さんらしくありません」

見栄を張っていると吐露するところも、彼には珍しかった。そういう人間臭くやや情けないところを見せる人だとは思っていなかった分、思いがけない。

いつも世間とは違う時の流れの中で、悠然としているイメージだったからだ。

葵にとっては、洋治の全てが魅力に映る。彼自身は『老い』だと感じているらしいことも、心を惹かれてやまない要因でしかなかった。

「……だけど私に対して見栄を張ってくれているのが本当なら、それはそれで嬉しいです。意識していなければ、どう見られていようと普通は気になりませんよね？」

どうでもいい相手に虚勢は張らない。

葵だって洋治に対する意地があったから、卒業後会いに来ることを躊躇っていた。

もし完全に吹っ切れていれば、五年もかからず再会していても不思議はない。

学生時代から住み続けているマンションは、当然学び舎からほど近い。

立ち寄る店や生活圏は大きく変わることなく、一度くらい『偶然』がない方がおかしかった。そうでなくても、懐かしい母校の学祭に足を運ぶ卒業生は多いのだから。

積極的ではなくても会う気があれば、どこかですれ違うくらいはしていたはず。

葵は彼の住所や気に入りの店だって知っていた。

故にこの五年間、顔を合わせるどころか噂一つ耳にしなかったのは、全力で避けていたためだ。

もし自分に仕事で誇れる成果や容姿を磨いて成長があれば、胸を張って再会を試みたかもしれない。それができなかったのは、偏にプライドがあったから。

今の自分ではまだ合わせる顔がないと思っていた。

——まったく同じではなくても、洋治さんも似たような気持ちを私に持っていてくれたとしたら……

嬉しい。きっと空も飛べる。

途切れていた五年の歳月が、急に意味のあるものに変わった心地がした。

「そうだね。僕は君に失望されたくなかったのかもしれない」

「失望なんて、するはずがありません」

しばらく会話し彼の本心を垣間見たせいか、葵の強張っていた身体から力が抜けた。

小刻みに震えていた腕や足も落ち着きを取り戻し、微笑むこともできるようになる。

瞼にキスされると、擽ったさからお返しをしたくなった。

「ん……」

葵は頭を起こし、自分からも物慣れない口づけをする。洋治の目の下、頬、口の端へと。自らの唇で形を捉えようとでもするかの如く、丁寧に押し当てていった。

「……情熱的だね」

「本当は昔から、こんなふうにするのを夢見ていましたから……」

後ろ姿を遠くから見つめるのではなく、正面から抱き合ってみたかった。いつも他の何かに注がれている彼の真剣な眼差しで、葵を見つめてほしいと願った回数は、数えきれない。視界に収まりたいと希い、どうすれば叶うのか足掻き、その度に落胆していた過去の日々。

手が届くはずがないと諦めながら、微かな期待を捨てきれなかった。振られて尚、往生際悪く。

――先生が好きです。今も昔もずっと。……ううん、前よりも今がもっと……

取られた指先に口づけられ、彼の舌で形を確かめられる。一本ずつ味わわれ、爪に軽く歯を立てられた。

「桜貝みたいだ」

「マニキュア、塗っていますから……っ」

「綺麗な色だね。葵によく似合っている」

指の股を舐められると、ゾクゾクとした喜悦が膨らむ。唾液塗れになった葵の手はいやらしく、僅かな風の動きも敏感に感じ取った。

「は……ぁ……っ」

捏ねられた乳房の先尖が、熟れ切った色味を湛えている。そこを指よりも執拗に舐められて、際限なく疼きが大きくなってゆく。

葵がヒクヒクと身を震わせると、洋治は嫣然と微笑みこちらを見下ろしてきた。

「脚を開いて」

優しい命令を拒絶できるわけがない。

戦慄く膝を叱咤して、葵はゆっくり踵を左右へ滑らせる。

長椅子の上は狭く、片側には背もたれもあるせいで動ける範囲は限られていた。だが不自由さも糧にして、官能は高まってしまう。煩いほど打ち鳴らされる心音が、彼の声以外の全てを聞こえなくした。

「上手」

左足を背もたれにかけ、右足は床に下ろしたことで、蜜口が開かれる。

羞恥を堪え、できる限り開脚した葵の頭を洋治が撫でてくれた。

「よくできたね」

まるで子どもにする行為だと憤る気持ちはあれど、それ以上に嬉しくなったのは否めない。

額にキスされたのも気持ちがよく、ドキドキとして幸福感に包まれた。

「子ども扱いしないでください……っ」

「していないよ。大人の女性だと思っていなくちゃ、こんなことをするはずがない」

「あ……ッ」

花弁を上下に摩られ、葵の腰がビクつく。

滑る感触は、そこが濡れそぼっているからに他ならない。

ゆっくりと彼の指が淫道に押し込まれると、先刻よりも違和感は薄らいでいた。

「ん、ぅ、……っ」

「さっきよりは柔らかくなってきた」

「……あ……っ」

敏感な花芯を擦られ、全身が汗ばむ。じりじりと愉悦が膨らみ、息が乱れた。

乳首を刺激されるのも気持ちがよかったけれど、快楽の度合いで言えば比較にならない。

とてもじっとしていられない愉悦が瞬く間に高められ、葵の爪先が丸まった。

淫芽を扱かれ、摩擦され、時に押し潰されて、快感の水位が上がってゆく。腰をくねらせ気を逸らそうとしても、真上から押さえ込まれていては難しかった。

決して強引に拘束されているわけではないのに、巧みに抵抗を封じられる。

それどころか葵の動きに合わせ、擽られたり摘まれたり、刺激は息つく間もなく変わっていった。一つ一つこちらの反応に合わせ、探られる。的確に引き出される悦楽で頭の中まで蕩けてしまった。

うねる腰の動きもいつしか誘っているのと同然になり、洋治の指に合わせて淫靡に蠢く。いや、そうなるように誘導されたと言った方が正しい。

ずり上がろうとすれば口づけで阻まれ、左右に身を捩れば脇腹をなぞられた。

気持ちの良さで虚脱した隙をついて、彼の指が大胆に動く。

今や二本の指が、葵の蜜路を探っていた。

「ぁ……っ、あ、ああ……っ」

その上たっぷりと唾液を纏った舌に肉芽が弄ばれる。

初めは添えられるだけだった舌が情熱的に動く頃には、葵は髪を振り乱し身悶えていた。

「やぁ……っ、それ……ッ」

「充血して、食べ頃の果物みたいだ」

「ひぅッ」

パクリと食まれた花蕾を熱い口内で転がされ、目尻を涙が伝った。

蕾の根元を締めつける洋治の唇に翻弄される。チカチカと光が散り、上手く息も吸えなくなった。

「駄目ぇ……っ」

硬い歯に甘噛みされて、次の瞬間にはねっとりと舌で甚振られる。混乱を引き起こす異なる感覚に、葵の下腹が波打った。

気持ちがいい。幾度も指先が引き攣れて、勝手に戦慄いてしまう。

足の爪が床に引っかかり、ザリリと音を立てた。

トロリと溢れる体液が下肢を濡らし、彼の指の動きを助けるせいで、より奥の方まで濡れ襞を捏ねられる。

狭く閉じていた膣道が解れ、洋治に歓迎の意を示しているのは明らかだった。

奥が疼いて仕方ない。指では届かない場所が爛れた欲望を訴える。

勝手に浮き上がる腰が淫猥に震え、更なる刺激を求めて葵は大きく喘いだ。

「あ……っ、ぁあぁッ」

すっかり顔を覗かせた陰核を攻められながら蜜窟を掘られ、全身が粟立つ。体内が引き絞られる感覚の後、葵は四肢を激しく痙攣させた。

「……ぁ、あ……」

全力疾走直後のような激しい鼓動が耳に煩い。肺が収縮し、耳鳴りもした。

どろりとした疲労感が末端まで重くする。手足を投げ出し、息を整えることしかできず葵が忙しく呼吸していると、洋治が唇を求めてきた。

「葵……」

正直まだ酸欠気味なので、キスで塞がれたくはない。けれど愛しい人からの口づけを拒むのはもっと嫌だった。

どんなに苦しくても、一度この愉悦を知ってしまえば、夢中にならずにはいられない。重ねる唇から得られるものは、他の何とも代え難い悦びがある。葵は反射的に首を擡げた。

「は……ん……」

上も下も淫らな水音を掻き鳴らす。

淫路には彼の指が埋められたまま。ゆったりと抜き差しされると、くちゅくちゅと粘着質な水音が奏でられた。

「ん……まだイッたばかり……っ」

一度達した女の身体は過敏になっている。ちょっとした刺激でも絶大な快楽に変換された。

そんな中で初めての絶頂を味わったばかりの葵には、立て続けの前戯はあまりにも甘い責め苦になる。せめて完全に落ち着くまで待ってほしいと思い、洋治の胸を押し返した。

「んぁッ」

だが腹側の一点を強く擦られ、目を見開く。

葵が反応を示した同じ場所を執拗に弄られ、呻きに似た嬌声がだだ洩れになった。

「ひ、ぁ……っ、んん……ッ、ぃい……っ」

「気持ちいい？　洪水みたいに濡れている」

ふしだらな淫音が大きくなる。蜜洞を掻き回され、花芯を摘まれ、身体中が火照って仕方ない。

もう許してと懇願したいのに、まともな言葉を紡ぐことはもはやできなかった。

唇は意味をなさない艶声を漏らすだけ。あとは上手く閉じることもできずに、唾液が口の端から垂れている。

恥ずかしくて手で塞ごうにも、絶大な快楽で焼き切れる自分自身を保つため、強く握り締めること以外無理だった。

ゾクゾクし、思考は法悦に塗り潰される。涙が溢れ、汗も滲んだ。

「んっ、ぁ、あッ」

懸命に意識を逸らし、今にも弾けそうなのを、目を閉じて必死に耐える。

先ほどはあまりにもあっさり高みに放り出され、それが悔しかった。彼との経験の差を突きつけられ、もどかしかったのもある。

だから今度こそは、簡単に達したくないと思ったのだが。

「や……っ？」

目を閉じていたのをこれほど悔やんだことはない。

下肢に感じた違和感に愕然と瞠目すれば、そこには淫蕩な光景が広がっていた。

葵の股座に顔を埋める洋治。抱えられた太腿には、彼の指が食い込んでいる。内腿を擽る髪の感触が生々しい。

それも全ては葵を見つめたまま。バッチリと合ってしまった洋治の視線は、挑発的な色をしていた。さながら、『よく見ていなさい』と言うかのように。

自分が何をされているのか。誰にされているのか。そしてこれからどんなことをされるのか。余すところなく見届けろと要求されている心地がした。

「あ……」

ふ、と吐息の起こす風をあらぬ場所に感じ、呆然としていた葵を現実へ引き戻した。

「ま、待ってくださ……それは嫌です」

「さっきもしたことだよ」

「でも——恥ずかしい……っ」

彼の言う通りなのだが、違うのは絡まる眼差しの行方だった。

このままでは乱れ善がる葵の顔を隈なく見られてしまう。ぐっと持ち上げられた下肢のせいで、葵は半ば二つ折りの体勢に変えられていた。

それはつまり、淫猥な花弁が真上を向き、洋治の位置からはこちらの表情が見えやすいということだ。

実際彼の視線は一瞬たりとも葵の顔から逸らされなかった。

「君に痛みは極力与えたくない。だからもっとよくしてあげる」

「駄目……っ、ぁ、はぅッ」

蜜壺に肉厚の舌が捻じ込まれ、同時に洋治の高い鼻梁が葵の肉芽を押し潰す。

すっかり慎ましさをなくした花芽はぬるぬると左右へ逃げ、しかし執拗に追い回されて、より一層硬くなっていった。

感度も上がり、強い刺激でも痛みは皆無で快感に変わる。

蜜道の中で粘膜がグネグネと動き、肉襞を舐め回される感覚に理性は突き崩されていった。

「んぁッ、ぁ、あああ……っ」

すっかり蕩けた葵の内側が、不随意に蠢くのを感じる。

彼の舌に大喜びし、もっともっとと叫んでいる気もした。まだ処女であるとは自分でも信じられない。自覚しないうちにこんなにも淫らに作り替えられてしまったことが、少し怖い。

「あ……っ、ァあああッ」

しかしそれ以上に沸騰する頭は悦楽の虜になった。

ふしだらな体勢で股を開き、あっけなく絶頂へ押し上げられる。

空中を蹴る足の軌跡が卑猥で、自分がしたことだとは到底信じたくない。だが甘美な快感に魂が抜けかけていた葵は、己を焦がす強さの視線に射貫かれた。

「葵が達する顔をもっとよく見せてほしい」

陶然とした面持ちで吐かれた台詞は、あまりにもふしだらだ。

一歩間違えれば、嫌悪感を抱きかねない。けれど情欲と同じくらい真剣な『観察』の意図を感じ、葵の胸はキュンっと高鳴った。

敬愛する人から男としても画家としても興味を持たれていると実感できる。そのことがこの上なく誇らしい。だったらもっと見てほしいとすら感じた。

「……洋治さん……」

汗が珠を結び、葵の肌を滑り落ちる。

胸の間を流れた一滴は彼の指先に掬い取られ、そのまま洋治の口へ運ばれた。

「――君は色んな味がする」

自らの人差し指を舐めた彼が、淫蕩に笑う。あちこち舐められ、味わわれた。

もはや葵自身よりこの身体について知るのは彼だと思う。

自分でも見たことがない場所を凝視され、触れられ、味見されたのだから。

けれどそれで終わりでないことも、葵には分かっていた。

「……挿れるよ」

媚肉に硬いものが押し当てられる。いくら経験のない葵でも、それが何であるかは察せられた。

溢れる蜜液を纏わせた先端が陰核を捏ねる。指とも舌とも違う感覚に落ち着き始めていた愉悦が戻ってきた。

「ん……っく……」

蜜口が限界まで押し広げられる。これ以上は裂けてしまわないか不安になるほど。

それでも洋治の身体がちゃんと反応を示してくれていることが歓喜の渦となって、葵の恐怖を和らげた。

——私を抱きたいと、思ってくれたんだよね？

先刻は『大人の女性だと思っていなくちゃ、こんなことをするはずがない』とも言ってくれた。その言葉を信じたい。

少し前までは一度だけの関係でも構わないと覚悟していたが、やはりこれで終わりにしたくはなかった。叶うなら、この先も。何年も何十年も一緒にいたい。

——私たちは同年代の恋人のように長く共にはいられないかもしれないけど……

現実的に考えれば、あとどれくらい傍で過ごすことができるのか。

——それなら一瞬たりとも無駄にしたくない。

ただでさえ五年もの年月を無為に浪費してしまった。今更ながら過ぎた日の貴重さに思い至り、葵は後悔に苛まれる。

その悔いが強いほど、これからの決意は固く結ばれた。

——洋治さんを諦めるなんて、もう考えられない。

ならば自分にできることはただ一つ。彼を自分に繋ぎとめ夢中にさせること。

それが絵のためのモデルとしてでも、一人の女として求められたのでもどちらでもよかった。尊敬して止まない愛しい人の唯一になれるなら、同じことだ。

「……ぁ……ぐっ」

破瓜の痛みは想像していたほどではなかった。

おそらく、時間をかけて洋治が丁寧に葵の身体を拓いてくれたからだろう。

葵の思いやタイミングを最優先してくれた。おかげで緊張はしても全て委ねて任せられたと思う。

二人の腰が隙間なく重なり、彼の楔を受け入れられたのを知る。腹の中には鈍痛もあるが、それを上回る恍惚もあった。

時折淫道で洋治の肉槍が動き、覆い被さっている彼からは汗が滴って、必死に耐えてくれているのが伝わってくる。きっと葵が慣れるまで動かずじっと堪えてくれていたのだろう。

思わず真剣に見つめると、洋治が柔らかく目尻に皺を寄せ、葵の頭を撫でてくれた。

「辛くないか？」

「平気、です」

「辛かったら、いつでも言ってくれ。よく頑張ったね」

「洋治さんが優しくしてくださったので、何でもありません……」

仮に耐え難い苦痛があったとしても、自分はそう答えたと思う。

ここまで気遣われ、大切にされていないと感じるわけがない。言葉より雄弁に、彼の双眸が情愛を湛えていた。

おそらく動きたいだろうに、渾身の理性で平気な振りをしてくれている。あまつさえ葵を労ってくれた。

その全部に愛おしさが飽和する。この人を好きになってよかったと、心の底から思った。

「……洋治さんは大丈夫ですか？」

「申し訳ないけど、男は気持ちがいいだけだよ。でも今日は、葵の快楽を優先したい。嫌な思い出にならないように」

「そんなこと、あり得ません……！」

この行為を嫌なこととして記憶に刻むことも、思い出にする気もなかった。

今日のことは宝物として、心の中に飾っておく。だがそれは過去にするためではない。未来に繋げるものだと強く感じた。

葵の下腹に力が籠り、勝手に中の肉槍を咀嚼する。言えない言葉の代わりに必死で恋心を伝えようとしているのが、自分でも分かった。

——今なら洋治さんの内面に、もっと踏み込んでも許してもらえる？

確かめたいけれど、とても怖い。

できるのは、手足を彼の身体に回す拙い誘惑だけだった。

「私はもう平気です。だから……動いてください」

葵が切り出さなければ、鉄の自制心で洋治はじっとしたままかもしれない。それは自分の望みとはかけ離れていた。

甘える仕草で彼の素肌に爪を立て、わざと己の唇を舐める。

洋治の視線を釘付けにできたことが嬉しくて、葵はより大胆になった。

意識的に蜜路を収縮させ、彼の剛直を締めつける。痛みはあったが、洋治が息を詰めて目尻を朱に染めたことで、苦痛を忘れてしまった。

「……っ、君は昔から順応力が高いな」

「私だけじゃなく二人一緒に気持ちよくならないと、意味がないと思います。……んッ」

話す振動も内部に響く。しかも何故か彼の屹立がより大きくなった気がした。

無意識に問いかける視線を葵が向けると、洋治が気まずげに目を逸らす。その反応が意外で、より熱心に見つめてしまった。

「……葵にそんなつもりがないのは分かっているが、あまり煽らないでほしい。でないとせっかく自分を律しているのに、台無しになってしまう」

彼の表情から仄かな焦りが垣間見え、感じたのは歓喜だった。

冷静さを保ったまま葵を導いてくれる洋治も素敵だが、理性を飛ばすほど夢中になってほしいとも願っている。

葵に溺れ、がむしゃらに求めてくれたら、どんなに最高だろう。

欲望のままに振る舞う彼も見てみたい。それはきっと、平静でいられなくなるほど自分に魅了されたということだから。

「……台無しになったら、どうなるんですか……？」

「——怖いよ。きっと君は後悔する。誰にも見せたことがない僕の一面が出てきてしまう」

「だったら……むしろ台無しにしてしまいたい」

誰にもと言うのなら、伊佐木や元婚約者の女性も知らない姿に違いない。

ならば是非見てみたいと心底思った。葵だけが知る洋治の裏側。それは何て甘美な響きなのか。

傲慢で身勝手かもしれない。人より才能に恵まれた人は往々にして、『普通』とは異なる。当人にその気がなくても、優先順位が違うからだ。結果、他者からするとひどく利己的であったり、独善的に感じられたりすることもある。

だがそうだとしても――知りたいと願ってしまった。

「……本当に君は、僕の情緒を悉くめちゃくちゃにする」

「え？　……ァッ」

ゆっくり動き出した彼に体内を擦られ、濡れ襞が掻き毟られた。

激しさはない動きなのに、肉壁が隈なく摺り立てられる。殊更じっくり摩擦されるものだから、葵の爪先まで痺れが走った。

「……ぁ、あ……っ」

ゾワッと産毛が逆立つ。それが性的な快楽だと教えてくれたのは洋治だ。

散々舌と指で解され喜悦を覚えた蜜壺は、すぐさま彼の楔に絡みついた。

「……っ」

息を詰めた洋治が、葵が反応を示した場所を剛直の先端で擦る。弱い場所を重点的に刺激されると、痛みが消え代わりに堪らない悦楽が訪れた。

「そ、そこ……っ」

「……可愛いな」

腰を揺らした彼が上体を倒し、葵の額に口づけてくる。その刹那、体内がキュッと収斂した。

洋治の形が鮮明に伝わってくる。大きさや硬さも、恥ずかしくなるほどハッキリ分かった。

だから尚更、彼も快楽を得ていることが感じられ、胸が震える。

——可愛いなんて、洋治さんに初めて言われた……

身体を密着させ、共に穏やかに律動を刻めば、じりじりと官能が高まってゆく。

嵐に揉みくちゃにされる激しさではなく、互いの匂い、形、温度、感触の全てを確かめ合うような行為だった。

少しずつ一つに溶ける。同じものになれるのを夢見て、境目が消えてゆく。

汗まみれの身体を弄り、絡まり合って何度も揺れる。

葵は淫道を掻き回され、内側を突き上げられる度に淫らな声で鳴いた。

「……ぁ、あ……っ、んァ……ッ」

いやらしい水音がひっきりなしに奏でられる。上からも、下からも。

口づけは舌を誘い出され、淫靡に粘膜を絡ませ合った。爛れたキスは、繰り返すほど媚薬同然に変わってしまう。もっと深く、荒々しく、唾液を交換して呑み下した。

「洋治さん……っ、あ、ぁ、ァああ……ッ」

最奥に密着した切っ先が小刻みに突き上げてくる。そうかと思えば焦らす速度で引き抜かれ、抜け落ちる直前にまた濡れ襞を隈なく摺りながら押し込まれた。

彼が腰を突き入れたまま緩々と円を描き、葵の感じる部分が新たに発掘される。

同時に淫芽を摘まれ、末端まで法悦が駆け抜けた。

「だ、駄目……っ、そんなことしたら……ひぅっ」

「感じすぎて辛い？　でも大丈夫、僕しか見ていない。だからもっと乱れても平気だ」

優しく諭すようでいて、その実洋治の言葉は欲望に忠実なものだった。

こうと決めたら譲らない。葵の全てを暴いて、容赦なく快楽の坩堝に堕とそうとしていた。根こそぎ『見て』『理解する』ために。

「ァ……っ、あぁああ……ッ」

的確に感じる場所を攻められて、逃げ道は塞がれた。

逃せない喜悦がどんどん蓄積する。それは弾けるまで終わらない。爆ぜる瞬間は、もうすぐ目の前だった。

「ひ、ぃ……ッ、洋治さん……っ、も、私……！」

「うん。思いっきりイって」

「あ……ぁあああッ……」

今までで一番の高みに放り出され、葵は全身を引き絞った。手足が勝手に強張って、痙攣する。下腹は波打ち、彼の肉槍を喰いしめた。

光が瞬き息も吸えない。ただ細く長い嬌声が、葵の口から迸っただけだった。

「……ぁ……あ……」

整わない息の下、洋治の腕に抱きしめられる。その上、彼が何度も肩や頭を摩ってくれ、葵が落ち着くまで沢山のキスを落としてくれた。合間には『可愛い』と囁きながら。

バラバラに散った感覚が戻ってくる。その中で葵は、避妊具に包まれた洋治の剛直がまだ力強く張ったままなのを感じ取った。

——あ……

男性は欲望を吐き出さなければ終わらない。それくらいの知識はある。

疲労感で鉛のような右腕を持ち上げ、葵は彼の背中へ手を這わせた。

「あ……洋治さん……その、まだ……」

「僕はいいよ。初めての葵に無理はさせたくない」

言うなり彼は、腰を引いた。

長大なものが抜け出てゆく感覚に、ブルリと背筋が震える。先ほどまで満たされていた蜜窟が名残惜しげにぽっかりと口を開け、喪失感に愛蜜を垂らした。

「……今日はこれでおしまい。ゆっくり休んでくれ」

微笑む洋治にあやす手つきで肩を叩かれ、以前からアトリエに置かれていた膝掛けが葵の身体にかけられた。

隣り合って横臥するには、長椅子は狭すぎる。だからなのか彼は横たわる葵の傍にしゃがみ込み、髪に触れ、腕を摩り、口づけてくれた。

覚えているのは、そこまで。

あとはもう、疲れ果てた葵は夢の中へ転がり落ちていった。


噂でしか聞いたことがない蜜月というものがこの世にあるなら、今がまさにそれだと思う。

洋治と身体を重ねて数週間。

あれから二人の距離は確実に変化した。モデルとしても、男女としても。

同じ屋根の下で寝起きして食事を一緒に取ることは、これまで通り。だが今は、そこにもっと親密な空気が流れている。

偶然触れてしまった際に気まずくなるのではなく、さりげなく接触面積を増やすのは当たり前。相変わらず会話は多くはないが、絡まる視線は熱を帯び、時にはそのまま抱き合うこともあった。

そして、以前よりモデルを頼まれる回数が増えた。

それこそ葵に時間の余裕がある時には、必ずと言っていいほど。休日になれば、アトリエに籠りきりになることも珍しくなかった。

外とは隔絶された空間で二人きり。するといつしか互いに視線で挑発し、描き描かれているうちに、自然と求め合う。

葵の一日の大半は、ポーズを取っているか洋治と睦み合っているかのどちらかになりつつあった。

「ぁ……っ」

意思とは無関係に漏れてしまう淫猥な声に未だ慣れず、葵は控えめに喘いだ。

だが必死の努力も虚しく、深く繋がったまま結合部を揺すられると、嬌声がこぼれ出る。

体内は逞しい楔に貫かれ、軽く動かされるだけで爛れた愉悦が広がった。

仰向けに寝そべる洋治の上に跨って、先ほどから上手く動けずにいる葵は、涙目で彼を見下ろす。

今にも『無理です』と言ってしまいたいのを、渾身の理性で抑え込んでいた。

——私が少しでも嫌がる素振りを見せたら、洋治さんはあっさり『じゃあやめよう』と言うかもしれない……

それに、葵自身本気でやめてほしいわけではなかった。

ただあまりにも快楽が過ぎ、初心者には辛いだけだ。しかも自身が上の状況で、何をどうすればいいのかさっぱり分からなかった。

——下手に動いたら、あっという間にイってしまう。

じっとしていても、最奥を抉られて全身が戦慄いた。

呼吸の度に蜜窟が収縮し、内側にある彼の剛直が濡れ襞を擦る。その都度洋治が腰を揺するものだから、一向に快楽が落ち着かないのが現状だった。

「ゃ……待って……っ」

この体勢になり、どれだけ時間が経ったのか。

既に葵の太腿は痙攣しかねないほど酷使されていた。彼の上にどっしり座り込んではいけないと思い、半ば身体を浮かせていたためだ。

――それに完全に腰を落としたら……私の弱いところを暴かれてしまう。

今だって充分逸楽が激しくてきついのに、これ以上突かれたら本当におかしくなる。自重のせいで洋治の肉槍がいつもより深い場所まで到達しているのだ。擦られる角度も違って、葵は必死で息を整えることしかできなかった。

「葵、もっと力を抜いて」

「んん……っ、抜いています」

「見え透いた嘘はいらないよ。こんなに腿がプルプルしている」

「やぁ……っ」

まさに力の籠っていた箇所を撫で摩られ、葵の下肢が虚脱した。

次の瞬間、辛うじて維持していた姿勢が崩れる。両の太腿から力が抜け、葵の蜜道の行き止まりを反り返る楔が貫いた。

「ぁ……ぁあああッ」

極彩色の光が散る。頭が真っ白に弾け、全身がビクビクと痙攣した。

「……っ、いきなり締めつけるなんて、ひどいな」

本当にひどいのはどちらなのか。

つい先日まで無垢な乙女だった葵をここまで淫らに作り替えておいて、彼はいけしゃあしゃあと宣った。

初めての場所まで硬い切っ先が突き刺さっている。しかし痛みは微塵もなく、絶大な快感が生まれるだけ。

ブワッと葵の全身に浮いた汗を、洋治は愛しげに掌で掬い、舌先で味わった。

途中、そそり立つ胸の頂を弄られ、官能がより高められる。

いくら生来の負けん気を発揮し頑張っても、経験値の低い葵が絶え間なく与えられる喜悦にいつまでも抗えるわけもない。

懸命に堪え忍んでいたのも虚しく、やがて上体を起こしていることもできなくなり、彼の上に折り重なった。

「……ぁ、ああ……」

「もう限界？　今日は僕に動くなと言ったのに？」

「そ、それは……っ」

いつまでも翻弄されるだけなのが悔しくて、つい口を滑らせただけだ。

本心では、宣言した直後に『しでかした』と後悔していた。

だがそんな葵の稚拙さなど、洋治にはお見通しだと思う。意地を張り粋がってみただけだと彼に分からないはずがない。

つまりこれは、高度な意地悪だった。

「じ、自分で言ったことには責任を取ります。洋治さんはそのまま動かなくていいです」

――この人をもっと驚かせたい。私がいなくなったら、つまらないと思うくらいに……

もう限界と思いつつ、葵は身体を前後に動かした。拙い技巧でしかないけれど、汗に塗れた洋治の肌を弄る。

自分ばかりが喜悦に溺れるのではなく、彼も夢中にさせたい。その一心で物慣れない誘惑を必死で施す。

しかしそれは諸刃の剣。洋治を昂らせる前に、結局葵の方が動けなくなってしまった。

「ふ……んぅ……ッ」

すると彼は、喉奥で嗤いながら上体を起こし、葵を抱きしめてくれた。

「よく頑張ったね。虐めて悪かった」

額にキスをされ陶然とする。胸を高鳴らせている間に、今度は葵が仰向けの体勢に変えられていた。

見上げた先には洋治の姿。

皺のある顔に汗が滴っている。普段なら決して見られない表情に、葵の心臓が大きく脈打った。

「君の少し拗ねた一所懸命な顔を久し振りに見られて嬉しかった」

「す、拗ねたって……」

「真剣に頑張っている時、葵はちょっとだけ『納得できない』と口を尖らせるんだよ」

「そ……そんなことしていませんっ」

小学生じゃあるまいしと抗議しかけた葵の唇は、口づけで塞がれた。

肉厚の舌が口内に入ってきて、濃密に絡ませられる。そのせいで、言おうとしていた文句は霧散した。

「は……っ」

唾液を混ぜ合って、互いに啜る。

いやらしいキスの仕方を葵に仕込んだのは、全て洋治だ。キスの合間に肌を撫で合い、髪を梳いて脚を絡めることも。

何もかも彼から教わった。

どうすれば洋治が反応してくれるのか。そして自分自身、どこをどんなふうにされると冷静でいられなくなるのか。

――きっと相手が貴方じゃなかったら、こんなに熱心に教えられた通り実践しないと思うけど……

好きな人に悦んでもらいたい一心で、葵は素直に返す。

彼の髭の剃り残しに指を這わせ、軽く口づけた。

――大好き。

「ぁあ……ッ」

覆い被さってきた洋治が葵を抱きしめながら腰を振る。

濡れそぼった蜜窟が歓喜して彼の肉槍をしゃぶった。

肌がぶつかる音が室内に響き、空気まで淫猥な色に染まる。

本来なら絵を描くアトリエが、欲望塗れの空間に変わった。

――それとも、あらゆるものを剝き出しにする意味で、逆に正しいのかな……

ここでは何もかもが暴かれる。服を着て理性的に振る舞うことの方が不自然なのかもしれない。

本能のまま求めるものに手を伸ばすのが普通。

だからこそより大胆に、葵も肢体をくねらせた。

「……洋治、さん……っ、もっと……」

「ぁあ……いくらでもあげる」

「……ぁッ、あああァ……」

数えきれないほど何度も果て、アトリエの長椅子で微睡んだ回数はもはや覚えていない。自堕落で、官能的な毎日。家の中では芸術の名のもと、葵と洋治は閉じた時間に揺蕩っていた。

何日も、そんなふうに。時間も場所も関係なく。

——平日は前と同じで仕事が忙しいけど……疲れているとは思わない。

むしろ気力が漲ってやる気に満ちている。デザイン案も豊富に浮かんでくるのは、プライベートが充実しているからかもしれなかった。

つまり、幸せだ。満たされている。

最近では『契約終了』をいつ告げられるか怯えることもない。ひょっとしたらこの先もずっと、彼と一緒に同じ家で暮らせるのではないかと思うようになっていた。

それを能天気と呼ぶのか楽観的と言うのか。葵には分からない。

だがいつしか悪い想像をしなくなっていたことは否めなかった。危機意識が欠如していたと言われれば、それまでだ。

二人の関係は何一つ保証も約束もない、曖昧なものでしかなかったのに。

名前のつけられない関係性。都合がいいのは、誰にとってか。

その日、早朝に目が覚めた葵は何気なく郵便受けを開けた。

普段は、ハッキリ決めたわけではなくても先に起きた方がやるとルールができている。大抵の場合は洋治の方が早起きなので、葵が率先することがなかっただけだ。

しかし今朝の彼は、珍しくまだ熟睡していた。

——今日も授業があるのに、昨夜遅くまであんなにするから……

基本的に洋治が夜更かしするのは週末限定なのだが、昨晩は違った。

急に創作意欲が湧いたとかで、深夜遅くまで葵を描いていたのだ。そして精神的に昂ったせいか、縺れ合って情熱的に抱き合った。

——そりゃ、受け入れてしまった私も悪いけど……

昨日の濃厚な夜を思い出し、葵は火照った頬を扇いだ。

とてもあと三年で五十になる男性の精力とは思えない。がっついた様子はないのに、彼はたぶんかなり『強い』のだと思う。

というか、巧みすぎて初心者の葵には太刀打ちできない。散々指や舌で愛撫され、繋がる前に何度もイかされてしまうため、洋治が一度欲を解放する間にこちらは数えきれないくらい絶頂へ飛ばされる。

二十代の葵が最後は『もう無理』だと懇願してしまうほど何度も達し、最終的には意識をなくしてしまったのだから。

――朝起きたら、身体は綺麗に拭かれていた。それがまた、恥ずかしい……

自分ばかりが翻弄されている。

後半はわけが分からなくなるほど乱れ、ろくに覚えてもいない。

これでは彼が満足してくれているか、まったく自信が持てなかった。

――最初の時は、結局私が寝落ちしてしまって、洋治さんがその後どうしたのかも知らないし……

おそらく自分で処理したのだと思うが、申し訳なさで身が竦む。いくら経験値の差があっても、これはあんまりだと思う。

事実だけを見れば、葵は彼を放置して一人満足し戦線離脱しただけだ。

自ら誘ったのも同然なあの状況で、非道すぎる。

――情けない……いつも私ばかりが気持ちよくて、私がいる意味っていったい……

身の回りの世話や、モデルとしては役に立っているはずだ。実際、洋治は着実に絵への情熱を取り戻しつつある。

先日やってきた伊佐木も、大層ご満悦で帰っていった。

だがしかし。もう、それだけでは満足できない葵がいる。

この家へ転がり込んだ当初であれば、充分な戦果であると胸を張れたかもしれない。けれど今は物足りなかった。

――私が昔よりも欲張りになってしまったせいで……

一度肌を重ねれば多少は落ち着くと思っていた気持ちの炎が、より燃え盛っているのは、気のせいではない。むしろ肌を重ねたからこそ、貪欲になっている。

人は一つ願いが叶えば、『次』と求めずにはいられない。手にした幸福より、一層大きくて煌めくものに焦がれるのだ。葵も例外ではなかった。

――私は、洋治さんの礎になれればいいと思っていたはずなのに……いつの間にか、踏み台ではなく隣に並びたいと願っている。

もう背後から見つめるだけでは充足感を得られない。それどころか本音では、正面から抱き合える関係を手放したくなかった。

――こんなこと、洋治さんには言えないな……面倒だと、思われたくない。

下手な行動を起こしてぬるま湯めいた今の関係が壊れてしまうくらいなら、このままでいい。贅沢は望まない。本物のパートナーになりたくないと言ったら嘘になるが――

恋人や伴侶。そう呼ばれる存在になるには何が必要なのだろう。

前者なら口約束さえあればいい。けれど後者は――

――洋治さん、あの年まで一度も結婚していないのは、結婚願望が乏しいからなのかな……以前婚約までいった女性とも破談になっているし……そういえば、その方とはどうして終わってしまったの……？

考えても葵に答えを知る機会はない疑問がぐるぐる回る。

ポストから取り出した新聞や郵便物に目を落としたのは、そんな時だった。

「……え」

武藤家ではポストを覗くのは朝だけだ。夕刊は取っておらず、昨今急を要する連絡が郵便物で届くこともない。

故に封書やハガキの類は、前日配達されたものを翌朝回収するのが習慣になっていた。

朝刊以外のものがあったとしても、ほとんどはＤＭやチラシ。

しかし今朝はその中に、明らかに異彩を放つ封筒が交ざっていた。

淡いピンクに、季節の花があしらわれた女性的なもの。あて名は手書き。品性を感じさせる達筆で、とても丁寧に洋治の名前が書かれている。

だが何よりも葵の目が釘付けになったのは、裏に記された送り主の名前だった。

「……っ」

正直に言えば、半ば忘れかかっていた。けれど一瞥で誰なのかが分かったことからも、完全に忘却の彼方ではなかったに違いない。

忘れた振りをしていただけ。洋治への恋心をごまかそうとしていたのと同じ。つまりそれだけ、本当はずっと囚われていたのだ。

――この名前……洋治さんの元婚約者の女性……っ

顔は知らない。会ったことはないからだ。ただたまたま誰かから名前と存在を又聞きしただけ。

その経緯については、とっくに忘れてしまった。あまり自分にとって愉快な情報ではなく、関係ないと己に言い聞かせたためだろう。

それでも、書かれた差出人の名を目にするだけで、葵の記憶の蓋は簡単に開いてしまった。

長い黒髪が綺麗な、清楚美人であること。年齢は当時三十代半ば。キャリアウーマンで大人の女性だと、偶然洋治とその女性が会っているのを目撃した男子学生が自慢げに語っていた。

聞き流したつもりで、全て覚えている自分に笑ってしまう。

興味がないのを装いつつ、しっかり耳を澄ませて盗み聞きしていたらしい。

――どうして……今更？

別れて六年近くは経ったはず。普通に考えれば、婚約解消に至った相手に用などない。

二度と顔も見たくないと思っても、不思議はなかった。

それなのに、手紙は厳然とここにある。

常識的に考えられない、なんて言葉はあまりにも無意味だった。

――何の用があって……

たとえ円満に別れていても、関係を終わらせた恋人に連絡を取ろうとする意図は不明だった。

考えられるとしたら、過去を偲んでの近況報告だろうか。それすら、通常であれば考え難い。

他の可能性があるとしたら――

――復縁要請……？　何年も経って？　でも私だって、この五年の年月は、洋治さんを忘れるのに不十分だった……

かえって想いが募ったとも言える。

ならば別の女性も同様に、離れていた期間に、『やはり自分にはあの人しかいない』と確信に至ったとしても不思議はなかった。

「嫌……っ」

四十七年間独りで生きてきた洋治が、唯一結婚を視野に入れた人。

そんな女性が再び目の前に現れたとしたら、彼はどうするのか。

仮に復縁要請でなかったとしても、例えば何か困ったことがあって助けてほしいと乞われたなら。優しい洋治が、突き放せるとは思えなかった。

何せ相手は、一度は深く愛した女性だ。単純に交際しただけでなく、未来を共に歩もうと誓い合って。だとしたら、同情が愛情に変化することも――

思わず手紙を持つ手に力が入る。その時、奥の部屋から物音がした。

「……っ」

葵が咄嗟に手紙を隠したのは無意識だった。

意地の悪い意図はなかったと思う。少なくとも自覚はない。

考えるより前に、葵は淡いピンクの封筒を服の中へ突っ込んでいた。

「――おはよう、葵。今朝は寝坊してしまった」

「お、おはようございます、洋治さん」

はにかみながら頭を掻く彼は、葵が何をしたのかまるで気づいていないのだろう。いつも通りにそのまま洗面所へ向かっていった。

――見られなかった……？

ドッドッと心臓が暴れる。眩暈がして気持ちも悪い。

何よりも、自分がしでかしたことが信じられなかった。今からでも隠した手紙を取り出して、洋治に新聞と一緒に手渡せばいい。素知らぬ顔で『お手紙ですよ』と。

そう、思うのに。

インナーと肌の間に挟んだ封筒がひどくごわつく。

音がしないよう、葵は服の上からぎゅっと押さえた。ぐしゃりと紙の潰れる音がくぐもって聞こえてくる。それはさながら、自分を『卑怯者』だと糾弾している心地がした。

——どうして隠してしまったの……

罪悪感が邪魔をして、今更取り出せない。迷っているうちに洋治が戻ってきたことで、葵は余計に狼狽した。

「ああ、朝刊を取ってくれたのか。ありがとう」

「い、いいえ。すぐ朝食にしますね」

手にしていた新聞を手渡し、逃げるように台所へ向かう。淡いピンクの手紙は胸に抱いたまま。

重い秘密を呑み込んで、胃がもたれる。吐き気も込み上げて、この日葵は、ほとんど朝食を取ることができなかった。

5 ミューズ

飲みすぎた。

いつもならここまで酔うことはないし、そもそも飲酒自体好きではない。だが大きな仕事を決めた打ち上げで、少々羽目を外してしまった。

大手企業が発表する新商品のイメージキャラクターに葵のデザインが採用され、部内のお祝いムードが高まっていたこと、自分としても頑張ってきたことが認められ高揚していたのもある。

だが一番の理由が、先日図らずも作ってしまった『秘密』にあるのは、明白だった。

結局、あの手紙は洋治に渡せないまま。今も葵の借りている部屋に忍ばせてある。

消印にはバッチリ日付が印字されているのだから、数日遅れで手渡すのもおかしい。けれど捨てることもできず、グズグズとしている間に、かれこれ一週間。

いっそ『落ちていた』と見え透いた嘘を吐くことも考えたけれど、どうしても勇気は出なかった。

書かれているだろう内容について考えると『渡したくない』気持ちが大きく勝るからだ。

——私、自分がこんなに最低な人間だなんて知らなかった……

公平だと信じていたのに。学生時代はイジメを許さない潔癖さだって持っていた。

不正や裏工作は以ての外。我ながら公明正大だと自負していた。それなのに、この有様。

自分で自分が情けない。

人様の手紙を隠し、どうやって無様な行為を隠ぺいできるかばかり、この一週間は考え続けていたなんて。それでいて勝手に人の手紙を開封できない辺りが、如何にも小物だ。

結局、持て余している。前にも後ろにも動けず、窒息寸前になりかかっていた。

そんな時に一瞬でも現実を忘れられる催しがあれば、全力で乗っかっても仕方がないと言える。

「真崎先輩がこんなに酔うなんて、珍しいっすね」

「……ごめん、酔っ払いの面倒見させて」

「別にいいっすよ。いつもお世話になっているし……でもいつの間に引っ越したんすか？　前は沿線違いましたよね？」

葵は仲のいい後輩の肩を借り、よろよろと電車を降りた。

　足元はおぼつかない。吐き気こそないものの、視界はグルグル回って真っすぐ歩くのも危うい。

　三次会に向かう同僚と別れ、一足先に帰路についた葵だが、参加者の誰よりも酔っていたのは明らかだった。

「……今、色々あって間借りさせてもらっているの……」

「ああ、そうなんすか、了解です」

　さっぱりした気質の彼は、深く追及してはこなかった。こういうさばけた性格だから、性別を気にせずいい関係が保てているのかもしれない。

　怪しい足どりで一人帰ろうとする葵を心配し、後輩は家まで送ると申し出てくれた。そこで今は別の場所に住んでいると打ち明けてみれば、むしろ彼の暮らす実家が近いから問題ないと請け負ってくれたのだ。

「うう……本当、ごめん」

「気にしないでください。俺もそろそろ帰りたいなぁとか思っていたんで、丁度よかったっす」

　酔っ払いにも気を使い、こちらの負担にならない物言いをしてくれる彼の優しさが身に染みる。

　互いの間に男女の感情は皆無だが、同じ仕事をする仲間としては、この上ない信頼を寄せていた。言動に軽いところはあるけれど、とても頼りになる後輩なのだ。

だからこそ葵も、警戒することなく洋治の住所を告げた。

「先輩、大丈夫っすか？　少し休んで帰ります？」

改札を抜けながら彼が振り返る。葵は『この最寄駅からは歩いて帰れる』と言おうとして、そのまま固まった。

視線が一点に釘付けになる。後輩を通してその向こう。

顔を上げた先には、険しい顔をした洋治が立っていたからだ。

よろめきながら改札を潜った葵を支えてくれる後輩へ、鋭い眼差しを注ぎながら。

「……洋治、さん……」

「随分帰りが遅いし、連絡もつかないから心配して迎えに来た」

「あ、の……今夜は飲み会があるって……」

「聞いていたが、SNSも電話も通じなければ何かあったのかと思う」

いつになく刺々しい彼の雰囲気に気圧され、葵は反射的に身を引いた。その際、図らずも後輩に身体を寄せる状態になる。

洋治の双眸が剣呑な光を帯びた。

「あ、真崎先輩のお父さんっすか？　俺は真崎さんに可愛がってもらっている後輩です。先輩、珍しく酔ってしまったんで、自分が送るつもりだったんすけど、ご家族が迎えにいらしたなら、安心ですね」

何も知らない他人からすると、葵と洋治は親子に見えるらしい。年齢差から考えれば自然なことであっても、その事実が胸に痛い。自分のような小娘は彼に相応しくないと嘲笑われた気分がした。

――やっぱり彼には、元婚約者の女性みたいな大人の女性じゃないと釣り合わない……。

「親子仲、いいんすね。羨ましいっす」

悪意なく盛大に地雷を踏み抜いて、後輩は葵を洋治へ引き渡した。

そして笑顔で手を振る。

「それじゃ自分もこれで失礼します。先輩、お気をつけて。お父さんも娘さんをあまり叱らないでくださいね。先輩、大きな仕事を決めてご機嫌だっただけっすから！」

まったくフォローにならない言葉を並べ立て、後輩はにこやかに再び駅の構内へ戻っていった。彼の住む実家はここから二駅先らしい。

酔っ払いはタクシーに押し込んで帰してもよかったのに、きちんと家まで送り届けてくれるつもりだった親切心には感謝している。だが今夜に限って言えば、これ以上ないほどの悪手だった。

「……洋治さん、連絡をくださったことに気づかなくて、ごめんなさい、私、携帯の充電が切れていて――」

「――帰ろう」

彼らしくない乱暴な手つきで手首を引かれ、葵はたたらを踏んだ。

けれど洋治は体勢を崩した葵をチラッと見ただけで、強引に歩き出す。手は強く拘束されたまま。強すぎる力で握られて、少し痛い。

見たこともない苛立った仕草に、怯えを抱かないのは無理だった。

「ま、待ってください、洋治さん。何か怒っていますか？　電話に気づかなかったのは申し訳ないですけど、でも――」

前だけを見て進む彼の顔は窺い知れない。だが沸々とした憤怒は感じられる。

普段穏やかな人である分、滲む怒気がそら恐ろしかった。

歩く速度にしても、葵に対する気遣いはまったく感じられない。今までなら夜遅くなって駅まで迎えに来てくれる時は、こちらのペースに合わせて歩幅を調整してくれていたのに。

「ちょ……速いです。もう少しゆっくり……」

グイグイ手を引っ張られ、転ばないよう気をつけるのが精一杯。それでなくても酩酊した頭も身体もままならず、気を抜けば膝からくずおれそうになる。

必死で歩く葵を振り返ることもなく、彼は無言のままだった。

――何故こんなにイライラして……――まさか……あの手紙を見られた？

思い至った可能性に葵の全身が冷える。酔いは、瞬く間に醒めていった。

「あ、あの私……っ」

「話なら帰って聞く。こんな時間、外で喋っていたら近所迷惑になるよ」

「でも――」

言い訳しようとしたところで、丁度よく家に到着した。

葵の片手を拘束したまま玄関の鍵を開けた洋治は、まるで手を放せば葵が逃げ出すとでも思っているかのようだ。

扉を開いた後は中に突き飛ばされる勢いで押し込まれ、葵はその乱暴さに唖然とした。

――いくら私に怒っているとしても、こんなことをする人じゃないのに……

「早く上がりなさい。それとも酔いすぎて靴も脱げない？」

「え、いや……先生っ？」

「先生じゃない」

呆然と立ち竦む葵の前に彼が跪き、こちらの靴を脱がせようとしてくるのに驚いて、思わず『先生』と呼んでしまった。

だがそれが洋治の怒りの焔に油を注いだのか、手つきが荒々しくなる。

奪われたのも同然のパンプスは、玄関の三和土(たたき)に放り出された。

「よ……洋治さん、どうしたんですか……」

「――本当に僕はどうしたんだろうな。この程度で腹を立てて――頭がおかしくなったみたいだ」

彼は自分でも感情を持て余しているのか、苦しげに唸った。辛そうな様子が葵の胸も軋ませる。その痛みは、後ろめたさの欠片でもあった。

――やっぱりあの手紙を見られたんだ……隠した私を軽蔑しているのかも……

彼から侮蔑の眼差しを向けられると思うだけで、泣きたくなってくる。

こんなことなら素直に元婚約者からの手紙を渡せばよかった。そうすれば最悪の場合でも、蔑まれることはなかったはずなのに。

「私――」

「僕は君の父親ではない」

「ごめ……――え？　父親……？」

吐き出された言葉の意味が分からず、狼狽する。しゃがみ込んだままの洋治は、強く拳を握り締めていた。

「彼は幾つか君より年下に見えたが――僕よりよほど葵の隣にいて自然だった。……君のことを随分慕っているようだ。あの後輩は一人の女性として葵を見ているのかもしれないね」

「え……それは、去年彼が入社して以来、私が指導してきたから慕われてはいますけれど

「……あの、彼には幼馴染で長年付き合っている彼女がいますよ……？　私も偶然会ったことがありますし……」

会社まで迎えに来た恋人と落ち合って、そのままデートに行くのを目撃したことがある。

だいたいスマホの待ち受け画面を彼女の写真にしている後輩が、他の女に目移りするなんて考えられない。しかも彼は隙あらば『どれだけ彼女が可愛いか』を語りたがるタイプだ。

しばしばプライベート優先を宣言し、能力があるのだからもっと頑張れと叱責したくなることも多い。

そんな日常を知っている葵は洋治の言葉が心底不可解だった。

――いったい何を言いたいの……？

まるで理解できず、しばらく固まる。短くはない時間が過ぎ、葵はようやく『これは嫉妬だ』と気がついた。

――え……？　洋治さんが……？　それって……

ただの元教え子や、同居人、モデルに対してこんなことで苛立つ理由はない。だとしたら考えられるのは――

――私をそれ以上の存在だと思ってくれている……？

酔った葵の身体を見知らぬ若い男が支え、家まで送ろうとしていたことが気に入らないとしたら。相手の男から当然のように『父親』と見做されたのが不愉快だとしたら。

——本気で保護者のつもりなら、そんなことで腹を立てる……？

後輩の態度に『送り狼狙い』は微塵もなかった。あくまでも酔っ払いを心配してくれただけだ。そこに性別は無関係だし、実際彼はあっさりと洋治に葵を任せたではないか。

「……仮に葵の言う通りでも、人は魔が差すことがある。——君は魅力的だから……」

「ないです。私と彼は強いて言えば姉弟です。お互いそういう対象にはなりません！　だいたい私はずっと洋治さんを見てきたのに、彼が気になるなんてあり得ません！」

思わず勢いのあまり、自分の想いを告げていた。

葵はすぐに己の口を押さえ目を見開いたが、もう遅い。一度声に出した言葉の取り消しはきかない。玄関の三和土に葵の叫びが吸い込まれ、後は静寂だけが残った。

そのまま膠着した時が流れる。

言うつもりはなかった。いくら二人の距離が以前と変わっても、これ以上踏み込めばシャッターが下りてしまう。

それが怖くてあえて曖昧なまま、薄氷を踏む思いで日々を重ねてきたのに。

膨らむ一方だった恋心は、ちょっとした刺激で簡単に弾けていた。脆すぎる外装は、たぶん随分前から限界がきていたのだろう。軽く突いただけで、こうも見事に吐露してしまうとは。

「……今、何て」

「……っ、――……聞いた通りです。私はずっと……離れていた五年間も、洋治さんのことが好きでした。貴方以外、目に入らないんです……」

今更ごまかしも嘘も通じない。それなら正直に打ち明けるしか、葵に道はなかった。

抑え込んでいた本当の気持ちが溢れ出す。

好きで、恋しくて、愛と呼んでも過言ではない想い。彼のためなら自分を犠牲にすることも厭わない。そういう熱烈で、同時に重い激情。

洋治の負担になるくらいなら一生『都合のいい女』でも構わなかった。それこそ彼の創作の一端に関われるなら、満足だったのだ。

だが唇から漏れ出た本心は、葵の『本当の願い』を容赦なく暴き立てた。

――違う……私は、一人の女としても洋治さんに必要とされたかった……

かつての婚約者のように、唯一の相手になりたくて堪らなかったのだ。彼に選ばれたかったのだと悟り、抉られる痛みに涙が溢れた。

「ごめんなさい……っ、泣くつもりは……」

「――……僕は、君より確実に先に死ぬよ」

不器用な男の慰めは、乱れた葵の髪を耳にかけてくれることだった。指先が耳殻に触れ、鮮烈な熱を生む。

溢れかけていた涙が引っ込み、驚きに瞬けば、滲んでいた視界がクリアになった。

「そんなこと……わ、私が事故に遭ったり病気になったりして先に逝く可能性だってあります」

「確率論で言えば、葵が残される方がずっと高い。それも平均寿命から考えたら、君は二十五年以上独りで生きなくてはならないかもしれない」

そんなことを洋治が考えていたのは心底意外だった。何故ならそれは、二人の未来を具体的に思い描く機会があったということに他ならない。

この先もずっと傍にいようと願わなければ、想像する必要もないものだ。

「先のことなんて誰にも分からないじゃないですか……！　今の方がずっと大事ですっ」

ポツリと微かな期待が葵の中で芽吹く。

ひょっとしたら、彼も同じ気持ちでいてくれるのではないかと。

「──そう感じるのは、君がまだ二十代の若者だからだ。これからいくらだって可能性があるし、仮に間違えてもやり直しはきく。でも、僕は違う。人生は半ばを過ぎて、今更失敗も冒険もできないんだよ」

立ちあがった洋治が鋭い眼差しで葵を射貫いた。

あまりにも強い視線にこちらの身体が強張る。

後ろ向きな彼の台詞に、戸惑ったのも理由の一つ。保守的なことを言う洋治の気持ちが、正直理解できなかった。

「……洋治さんはそんな年齢じゃありません。まだ守りに入るような――」

「オジサンだよ。君といたら父親でなくちゃおかしいと思われるくらいにね」

「きゃ……っ」

突然抱きしめられ、そのまま持ち上げられた。

驚いている間に葵は家の中へ運び込まれる。そのまま連れて行かれたのは洋治の寝室。これまでも何度かここで抱き合ったことはあった。

だがその度に感じた幸福感が、今はない。代わりに冷え冷えとした空気を感じ取り、葵は肩を強張らせた。

「あの……やっ……」

「静かに」

敷かれていた布団の上に下ろされ、刹那彼の香りが鼻腔を擽った。

煙草と、絵の具の匂い。

洋治が覆い被さってきたことで、それらの芳香がより濃厚になる。戸惑う気持ちとは裏腹に、その香りを吸い込めば、葵の下腹が疼かずにはいられなかった。

「……あの青年が違うとしても……君に相応しいのが僕じゃないことは確かだ」

「え……っ」

咄嗟に何を言おうとしたのか、自分でも分からなかった。『そんなことはない』か『ひどい』か。

混乱しているうちに深く口づけされる。

本当ならうっとり夢見心地になれる行為が、今はとても嫌だと感じた。

「やめてください……っ」

彼の力になれるなら、利用されても構わなかった。

だがこんなのは何かが違う。葵自身にも明確な差は説明できないけれど、流されるのは不本意だった。もっと話し合いたい。そうしないといつまでも堂々巡りだ。

誤解を解きたい思いと、卑屈なことを言う洋治へのもどかしさがごちゃ混ぜになる。困惑を振り払いたくて、葵は彼の身体を強く押した。

「嫌……っ」

「……絵のためでないなら、僕には抱かれたくない？」

凍てついた声音で問われ、唖然としたのは葵だった。

洋治は何を言っているのだろう。これまで自分が彼に身体を許したのは、全部絵のためだけが理由だと思っているのか。

確かにそんな側面があったのは否定しないが、当然それのみであるはずがないのに。

——ああ……洋治さんは私の気持ちを信じていないんだ……

あんなにはっきり好意を告げても、受け入れる気がないに違いない。どうでもいい想いだから、簡単に否定できる。その程度なのだと残酷に突きつけられた。

五年前と変わらない。

本気で向き合ってもらえず、適当にあしらわれただけ。少しは二人の関係が変化したと思っていたのは、独りよがりな思い込みにすぎなかったらしい。

込み上げそうになる涙を、なけなしのプライドで捻じ伏せる。泣いて堪るかと葵は奥歯を嚙み締めた。

「……そんなふうに思っていたんですね」

「君みたいな若い子には随分年上の男との関係も、いい思い出として消化できるのかな。

――でも僕はそんなに器用じゃない」

苦しげに吐かれた言葉をどう解釈すべきか悩む。

単純に葵の誠実さを疑っているだけだとは思えなかった。むしろ『信じたいからこそ疑念が消せない』そういうままならなさを内包しているように感じられる。

ただの期待が見せる幻にすぎないかもしれない。そうであってほしい葵の願いが具現化した可能性も否めなかった。

――それって、私とのことを思い出にできないって言っているの……？　だから全部変わってしまうことが怖くて、一定の距離以上踏み込みたくないという意味……？

互いに言葉足らずで上手く意思疎通が図れない。けれども、自分よりずっと大人の洋治がのたうち回るような懊悩を抱えていることは伝わってきた。

強引なキスを、今度は拒む気になれない。

葵を押さえつけてくる手が必死さを滲ませているせいで、心が先に濡れてしまった。

力んでいた腕から力を抜けば、服の上から身体を弄られる。いつになく余裕のない彼の動きに、嫌悪よりも愛しさが勝った。

——後輩に嫉妬して、私を他の誰かに奪われまいと焦っているの？　そう思ってもいい？

仮に葵がこの家を出て行くと言えば、これまでの洋治ならあっさりと頷いた気がする。物分かりよく『今までありがとう』とでも宣って。

名残惜しさなど微塵も見せず、簡単に手を放したのではないだろうか。

だが今は。

全身全霊で引き留められている心地がする。

絡みつく腕も、己の存在を刻みつける甘噛みも、伸しかかる重みも。全てが『どこにも行くな』と叫んでいる気がした。

——錯覚でもいい……

遠く手が届かないと思っていた人が、嫉妬に狂ってくれたのだと思い込みたい。

大人の余裕をかなぐり捨てるほど我を忘れ、葵を欲してくれているのだと。

そう思えば、険しい顔すら愛しさしか感じられない。可愛いなんて形容は二十も年上の男性に失礼かもしれないが、心が震えたのは確かだった。

「葵……っ」

名を呼ぶ声が、微かに掠れている。彼の葛藤が垣間見えて、葵の涙腺が緩んだ。

人は大人になると、感情のまま行動することは極端に少なくなる。まして洋治のように自制心の強い人間なら、常に理性が勝っていると思う。

かつて結婚が白紙になったと噂が流れた時にも、彼は毅然としプライベートのゴタゴタや悩みを一切学生たちには見せなかったのだ。

それこそ一分の隙もなく、『ひょっとしたら噂自体ガセネタだったのかも』と思わせるほどに、ポーカーフェイスだった。

そんな洋治が隠してきた一面を葵に晒してくれているなら、こんなに嬉しいことはない。以前彼が『台無しにしてしまう』と言っていたのがこれだとしたら、ちっとも怖くなかった。

――むしろもっと私にぶつけてほしい。

根こそぎ、何もかも。洗いざらいぶちまけてくれたら、受け止めてみせる。

醜さも、幼さも、強欲さも、身勝手さも全て。黒い負の部分でさえ、洋治の一部であるならら愛せると感じた。

「……本気で抵抗しないと、このまま抱くよ」

既に無理やり半裸に剝いているくせに、この期に及んで葵に逃げ道を提示するのが如何にも彼らしい。

ギリギリのところで、洋治の優しさや良心が勝ったのだろう。

けれどそれは葵の望むところではなかった。

もっと卑怯でも浅ましくても、奪ってほしい。今だけは常識も世間体も全部忘れて、がむしゃらに葵のことだけを考え、他に目をくれずにいてほしかった。

「……できるなら、どうぞ」

だからあえて煽る台詞を口にする。

挑発的な眼差しを洋治に据え、戦いを挑むつもりで視線を絡める。瞬きもせず互いの双眸を覗き込んだ。

「……僕にはできないと思っている?」

「どうでしょう。先生は臆病なところがあるので」

わざと『先生』と呼べば、効果は抜群だった。

冷静さを取り戻しかかっていた彼の瞳が、再び苛烈に燃え上がる。怒りと嫉妬がゆらりと揺れた。

「……君はとことん僕の情緒をめちゃくちゃにする」

苦々しく吐き出された恨み言とは裏腹に、口づけは甘く官能的だった。

ただ性急さは初めてのもの。

半分脱げかかっていた葵の服は、引き千切られそうな勢いで残りを奪われた。

乱雑に放り出された服が、畳の上で小山になる。最後に下着が取り払われ、生まれたままの姿にされた葵は、胸の前で両腕を交差した。

「君の身体なら、見ていない場所はないよ」

おそらく羞恥を煽ろうとして意地の悪いことを言っているのだろう。だが、洋治の言葉は葵を昂らせただけだった。

彼の言う通り、自分自身よりも洋治の方が葵の肉体について詳しい。

どこをどうすれば濡れるのか。一番感じる場所は。力加減は。何を好み嫌がるのか——

全て彼が見つけ、教えてくれたこと。他には誰も、知るはずのないことだった。

少しでも身体を隠そうとしていた腕はやんわりと頭上に張り付けにされ、守るものがなくなった肢体をじっとりと視線で舐め回される。

早くも色づき始めた乳房の先端、平らな腹、臍、そして繁みへと。

焦げつく眼差しは容赦なく葵を視姦してゆく。

モデルを観察する時の真剣さとも少し違い、思わず両膝を擦り合わせずにはいられなくなった。

「逃げないなら、脚を開いて」

命令と呼ぶには優しすぎる指示が、葵の興奮を高める。飛び出しそうなほど高鳴る心臓が示すものは、甘い愉悦。どこか倒錯的な状況に全身が敏感になっている。

そろりと踵を左右に滑らせれば、脚の付け根へ火傷しかねない凝視を感じた。

「もっと。自分で膝裏を抱えて」

平静な洋治であれば、こんな淫らなことを口にするわけがなく、異様な現状を浮き彫りにした。

本来なら葵は素直に従う必要はない。それこそ彼が言う通り、抵抗して逃げ出せばいい。にも拘わらずそうしないのは、偏にする気がないからだ。

抗って見せるのは、瞳の表情だけ。実際には拒む気など毛頭なかった。

逆に適度に洋治を煽り、誘い込んでいると言われても否定できない。彼の妬心に火をつけてこの好機を逃すまいとしている。

高い壁と分厚いシャッターを備えた洋治の、本当の意味での内面に触れるために。

躊躇う振りをしながら、葵は自らの膝裏に手をかけた。そのままゆっくり左右に開き、秘めるべき場所を晒してゆく。

自ら見せつけるような真似をするのは、筆舌に尽くし難いほど恥ずかしい。だが頬を上気させ男の顔をした彼を見られるなら、安いものだとも思った。

「……っ」

低く喉奥で唸った洋治が乱雑に服を脱ぎ捨てる。

寝室の明かりは灯されておらず、玄関の明かりが差し込んでくるだけ。その乏しい光で、艶めかしい陰影が刻まれた。

全体的に薄暗く、色彩は黒に沈む。代わりにあらゆるものの影が、より淫靡さを際立てた。

切なげとも苛立ちとも取れる表情を滲ませた彼が葵の胸へ手を這わせる。

やや汗ばんだ肌は、乾いた男の掌にしっとりと馴染んだ。

「ん……ッ」

既に硬くなっていた乳頭が擦れ、得も言われぬ快感を呼ぶ。下から掬い上げるように乳房を揉まれると、生温い愉悦が広がっていった。

「……無理にされても、葵は反応するんだ？」

「ふ、……んッ……慣れない言葉攻めなんて、らしくないですよ。先生……ァッ」

強めの力で頂を摘まれ、痛みと喜悦の狭間で声を上げる。

すると今度は彼の舌でねっとりとあやされ、胸の飾りは一層卑猥な色味を湛えた。

「……は、ぁ……っ」

軽く齧られた乳房に薄い歯型が残される。数時間もすれば消えてしまいそうな痕だ。これ以上は顎に力を込めない洋治も、ギリギリの攻防を繰り広げているつもりなのかもしれない。

どちらが先に折れるのか。屈服するのか。それとも望むものを手に入れるのか。

互いに譲らず、薄闇の中でもがく気分だった。

似ているようで重ならない願いを込め、愛しい人に手を伸ばす。叫びたいほどの衝動は、舌を絡ませ合うキスで抑えつけた。

「ん……ふ、ぁ……っ」

夢中で口づけを交わせば、陰唇に硬いものが触れる。蜜口を撫で摩るものの正体は、見るまでもない。

片手を膝裏から放した葵は、花弁を上下に擽る楔へと自らの右手を移動させた。

「……っ、いつの間にこんなことを覚えた？」

「全部、洋治さんが教えてくれたことですよ。上手くなったと思いませんか？」

拙い技巧なのは、己でも分かっている。たどたどしく、到底上手いだなんて言えやしない。それでも今の自分にできることを注ぎ込むつもりで、葵は彼の屹立を握り締めた。

自身の淫裂を押しつけながら同時に手でも扱いてゆく。特に先端の窪みを重点的に。そこが洋治の感じる場所なのは、前から知っていた。

──私を手放したくないって思ってよ。

いやらしい水音が下肢から奏でられる。互いの性器を擦り合わせ、緩やかに上り詰めていった。

葵の内側が、早く奥を突いてほしいと潤み出す。肉襞は恋しい質量を求め、蠢いた。

「……っ、ゴムを」

「いらないです。このまま……」

「葵……っ」

身体を起こそうとした彼を抱き寄せ、葵は握っていた剛直を自ら泥濘へと導いた。

腰を引こうとする洋治に両脚を絡め、逃げられまいとする。くびれの部分までが蕩けた蜜口に埋められ、ゾクゾクと甘美な快感が広がっていった。

「駄目だ、まだ……っ」

「今日は、平気です。だから……」

「絶対に安全な日なんてない。万が一を考えなさい。リスクを背負うのは、圧倒的に女性なんだぞ」

葵の暴挙で逆に冷静さを取り戻したのか、彼が如何にも教師めいたことを言う。自分が駄々を捏ねる子どもに成り下がった気分が悔しくて、より下腹に力を込めれば、洋治が眉間に皺を寄せた。

「葵、言うことをきいて――」

「嫌なら、私を突き飛ばして拒んだらどうですか?」

意趣返しに意地の悪いことを言い、いつの間にか攻守は逆転していた。襲っているのは彼ではなく葵。

抱きたいのは自分で、貴方ではないと意味を込め、至近距離で洋治の目を見つめた。

「万が一が怖いのは、私じゃなくて先生でしょ」

「……っ、後悔しても知らないよ」

「望むところです。――ぁ、アァ……ッ」

甘い囁きは皆無なまま、一気に最奥を貫かれ、それだけで葵は軽く達してしまった。激しい律動が始まる。ゴッと重い打擲が結合部から脳天まで響いた。

「……んぁッ」

愛蜜を掻き出す勢いで腰を叩きつけられ、身体が上下に揺さ振られる。

片脚を彼の肩に担がれると、より繋がりが深くなった。動きやすい体勢になった洋治が遠慮のない動きで突き上げてくる。

葵の感じる場所を的確に穿たれ、チカチカと光が散った。

「ぁあああッ」

窄まる蜜道をぐちゃぐちゃに掻き回され、指や舌では届かないところを擦られる。途中葵の身体はごろりと反転させられ、尻を掲げたうつ伏せに変えられた。

「んぁッ」

柔らかな女の尻に男の硬い腰がぶち当たり、乾いた打擲音が鳴る。

体内を摩擦される角度が変わったからか、これまでとは違う愉悦が生まれた。

「ぁはぁッ、ゃ、あ、あぅっ」

太腿がガクガクと痙攣し、温い滴が幾筋も伝い落ちた。

苦しいほどの快楽が逃せず、懸命に眼前の布団に爪を立てる。だが腰を後ろに引かれた葵は、更に深く弱点を抉られることになった。

「アあああッ」

最奥を貫かれたまま腰を小刻みに揺らされ、爛れた蜜襞が大きく騒めく。

尿意に似た感覚がせり上がり、葵は髪を振り乱して逃げを打った。だががっちりと腰を摑まれているせいで叶わない。むしろ逃亡を図ったと誤解されたのか、より荒々しく体内を蹂躙された。

「ひ……っ、ぁ、あああッ」

「葵、散々僕を煽った責任は取ってもらうよ」

「は……ゃ、アあっ、駄目、今は……っ」

身体の前へ回された洋治の手により、花芯を捏ねられた。二本の指で挟まれて摩擦され、キュッと扱かれる。表面を撫でられたかと思えば弾かれて、様々な刺激にたちまち快楽が限界を迎えた。

「やぁあ……っ、も、イッちゃ……っ」

息がまともに吸えない。涙で前も見えない。

苦しさと快感が一緒になり、全身がブルブル戦慄いた。体内にもその動きが波及するのか、彼の形が隈なく伝わってくる。より大きくなって硬度を増すのも、淫道が全て教えてくれた。

「ぁああッ、変になっちゃ……っ」

「なってもいいよ。そんな葵も描いてあげる」

とんでもない言葉に背筋が粟立つ。こんなにだらしなく蕩けた姿を他の誰にも見られたくはない。

寝姿だって、ギリギリの許容範囲だ。それなのに自分にとって一番淫らで無防備な姿を晒せるはずがなかった。

洋治だけ。彼だから思い切り自分を解放できる。

駄目と言いながら淫らに腰を振るのも、全て捧げてもいいと思える相手だからだった。

「洋治……さん……っ」

不自由な体勢で振り返り、視線に懇願を乗せる。キスをしてほしいと願いを込めれば、

彼は思いを汲んでくれた。

「……は、ぁあっ」

身体を捩った拍子に再び穿たれる角度が変わる。目も眩む愉悦で、葵は絶頂へ押し上げられた。

「イク……っ、ぁあああ……ッ」

「……つっ」

背後で洋治が息を詰めたのが伝わってきた。収縮する蜜窟が男のものを思い切り締めつける。

彼の肉槍が跳ね、熱い迸りが葵の子宮を濡らしたのは次の瞬間だった。

「……ぁ……あ……」

初めて味わう白濁の感触に四肢が痺れる。洋治のもので体内を染められる感覚が気持ちいい。『もしも』の可能性は官能の糧でしかなかった。

──お腹の中が熱い……。

力の入らない身体を叱咤して、自分の下腹へ手を伸ばす。

内側には、未だ愛しい男の楔が突き刺さったまま。断続的に精を吐き、葵の中に最後の一滴まで絞り出そうとしているかのようだった。

疲れ果てた身体を起こすこともできず、布団に突っ伏し、息が整うのを待つ。

背後からは、葵と同じように乱れた彼の息づかいが聞こえてきた。

——後悔しているの……？

吐精したことで頭が冷えたのか、洋治の惑いが伝わってきた。例えば腰を掴む手の強さに。または見下ろしてくる視線の熱さ、葵の中から抜け出ていく動きにもその迷いは滲んでいた。

葵にどう声をかけようか悩んでいるに違いない。きっと彼は『自分が悪かった』と思っているはずだ。罪悪感に苛まれ全ての関係を断ち切りたいと願ったとしても不思議はなかった。

それとも無用な争いを避けるため、謝ってしまった方がいいと考えているのか。

振り返るのが怖い。終わりにしようと告げられるのを恐れ、葵はシーツを握り締める。

もどかしさと激情に駆られ、自分もひどくやらかしてしまったことにやっと気がついた。

今度こそ、洋治のシャッターは完全に下ろされてしまったかもしれない。そうでなくても呆れ果てているはずだ。

恋人とも言えない相手が無責任な吐精をせがんできて、ふしだらな女だと蔑まないはずがない。後先考えない馬鹿のすることだ。大人だからこそ、彼は許せないだろう。

——それだけじゃなく、私は『あの手紙』を隠し持っている……それを洋治さんに知られたら、本当に軽蔑されてしまう……

じわりと双眸に涙が浮かんだ。肩が震えないようにするのが精一杯。

何とかごまかしてこの場だけでも取り繕えないか思案していると――

「――……僕が全部悪かった。すまない、葵――」

大きくて硬い掌が葵の肩に添えられた。そこから滲む熱には、労りが感じられる。温かな思いやりがじんわり広がり、葵はゆっくり後ろを振り返った。

「……どうして洋治さんが謝るんですか……挑発したのは、私ですよ」

「――君が若い青年と仲睦まじげにいるのを見て、冷静ではいられなかった。お似合いだと思ってしまった自分を否定したいあまり、葵へ暴言を吐いた……」

こちらの酔いも完全に抜けたせいか、先ほどよりは落ち着いて話し合える気がする。少なくとも言葉が届いている実感があった。

きっと今なら語り合える。これまでお互い避けて通っていたことまで。触れないことで守られていると、勘違いしたかった部分に。

「――……私……洋治さんが好きです。一時の感情や同情でもない。勿論ファザコンなんかじゃありません。洋治さんだから――年齢は関係なく好きで仕方ないんです。だって私は、あの素晴らしい世界を描き出す貴方だからこそ惹かれて止まない。そこに年は問題じゃないでしょう？　……五年前は貴方の言うことにも一理ある気がして距離を置いたけれど……再会して、この感情は消せないものだと分かりました」

一言ずつ区切るように、丁寧に告げた。

これで伝わらなかったら、いよいよおしまいだ。もう葵に打つ手はない。

心の底に蟠っていた恋情は、全て吐き出した。どうか受け入れてくれと瞳に懇願を乗せ、見つめ合う。

そのままどれだけ時間が経ったのか。

おそらく数分にも満たない。だがその短い沈黙は悠久の時にも感じられた。

「……さっきも言ったけれど、僕は君よりずっと早く逝くよ」

「私も言いましたよね？　決まった未来でもないのに、何故怯えて幸せかもしれないものを諦めなくてはならないのですか」

明日のことは誰にも分からない。次の瞬間のことだって未知数だ。

それなのに来るかどうか不明な不幸に備え、手に入ったかもしれない幸福を手放すのは、絶対に間違っていると思った。

そういう無鉄砲さを、『若さ』と呼ぶのかもしれない。

仮に災禍に見舞われても、『どうにかなるさ』と楽観的に考えて、事態の深刻さを正確に捉えられていない可能性もあった。

人生経験の乏しさが、年長者には危うく映るのも分かっている。だとしても――あらゆるリスクを避けて通ることだけが正しいとは言えないのではないか。

きっと正解なんてどこにもない。

誰かが用意してくれた『安全な人生』も一生破綻しないとは保証できないし、人が何に対して満足感を得るのかも決まっていない。

それなら葵が本当に欲するものを、他者に『そこまでの価値がない』と言われるのも違う。それがたとえ、当事者であったとしても。

「今の君は若い。でも考えてみてくれ。二十年後は？　三十年後は？　葵が今の僕の年齢になった時、僕は六十七だ。下手をしたら生活の上で君に負担をかけている可能性だってある。そうでなくても、同じ速度では生きられない」

「だったら同年代と一緒にいられれば、それで幸せだと断言できますか？　別れることだってあるのに？　若ければ病気になったり怪我を負ったりしないとでも？」

堂々巡りめいた会話が交わされる。もどかしくないと言えば嘘だ。けれど互いに未来を真剣に思い描いているからこそ、無視できない問題なのだと分かっていた。

逆に言えば、ここで逃げたら二度と向き合えない。曖昧に濁したまま、終わりになってしまうと感じた。

「勿論そういうこともあるだろう。だが僕が葵を置いて先立つ可能性の方がずっと高いんだよ。むしろ何事もなければ、必ず来る未来だ。君に三十年近い時を独りで過ごさせたくはない」

「だからこの先数十年得られるかもしれない洋治さんとの時間を、全部捨てろと言うんですか？」

届かない言葉が虚しく溶ける。大事だからこそ傍にいたい気持ちと、遠ざけようとする思いがせめぎ合っていた。

「私が欲しいのは、今です。あるかないか知れない未来じゃない」

「……違う。葵は分かっていない。僕が言いたいのは……――もし僕が先に逝った後、君が別の誰かを選ぶのが許せない、独りでいてほしいと願っている僕自身の醜さだ……っ」

絞り出された叫びに、愕然とした。

常に理知的で余裕がある洋治の台詞とは思えない。そんな感情を向けられているとも気づいていなかった。

じわじわと葵の中で熱が広がる。

それは歓喜と呼ばれる種類。自分のために彼が剝き出しの欲をぶつけてくれたことが、堪らなく嬉しかった。

「……自分でも、呆れる……愛しているなら葵の幸せを願うべきなのに、そんな余裕僕にはない。自分の死後でも、君を他の誰かに奪われたくないと思っている。――軽蔑されて当然だ。僕だって、おかしいことは重々分かっている。だけど感情を抑えきれない。こんな想い、今まで誰にも抱いたことはないのに……」

紡がれた言葉の全てが葵の胸を騒めかせた。

重すぎると腰が引けても不思議はない。こんな激情を他者から向けられたことは一度もなかった。

手に余る激しさだと感じる。自身が先に逝くと言いながら、死後も縛り付けようとするなんて。狭量で身勝手だとも言えた。それでも――

「こんな執着心、僕にも信じられない。自分の中にここまで我が儘で強欲な想いがあったなんて知らなかった……他の誰にも感じたことはないよ……」

「……昔、婚約していた女性にも……？」

「……申し訳ないけれど、そこまで強く求めていなかったと思う。――婚約破棄を告げられた時も、『仕方ない』と気持ちの整理はつけられた」

だとしたら、葵が特別なのだと言われているのと同じだ。他の誰とも違うのだと。

自分に厳しく、自制心の強い洋治が曝け出した弱さと醜さに葵の全身が戦慄いた。

「それって、洋治さんが私に夢中ってことじゃないですか……」

「そうだよ。こんなオジサンが二十も年下の女性に溺れているんだ。嗤ってくれ」

――嗤うはずがない。

仮に笑みを浮かべるとしたら、それは喜びからだ。嘲笑う必要はどこにもなかった。

「それなら、私たちは紛れもなく両想いってことですよね。だったら何も問題ないと思います」

「あるよ。僕は自分の都合や身勝手さに、葵を巻き込みたくない、もうこれ以上、大切な人を蔑ろにして傷つけたくないんだ」

吐き出された声音には、毅然とした決意が滲んでいた。

さながら、過去の過ちを悔いているようにも感じられる。

以前してしまった失敗を、今度こそ犯さないよう心に刻んでいる響きがあった。

「……それは……結婚するはずだった恋人への懺悔ですか……？」

既に終わったことでも、彼がかつて愛した人の話は極力聞きたくない。けれどこの先も気にかけながら見て見ぬ振りをするなら、今明らかにした方がいい。

その『過去』が『現在』へ影響を及ぼしているなら、尚更だった。

「……ああ。僕にとって芸術より優先したいことはない。だから他のことは後回しにして、彼女がくれる献身をいつの間にか『当然』だと思うようになっていた。……端的に言えば、彼女を軽視し搾取していたんだよ」

洋治が創作に没頭している間、身の回りの世話を元婚約者が担っていたことは想像に難くない。

恋人であれば、食事を蔑ろにする彼を見過ごすことができなくて当然だ。

その上彼は、普段は優しく紳士的でも、一度絵に集中してしまえば他は何も見えなくなる。アトリエに籠りきりになり、連絡すらつかない時も多かったのでは。

キャリアウーマンだったらしい女性にとって、自分だって忙しい中必死に時間を作っても、恋人が協力的ではないと感じたのは自然なことだ。

自分だけが努力をして合わせている――そんな不満を募らせたことが想像できた。

「普通の恋人同士は、互いに譲り合い双方の落としどころを探るのが当たり前だと思う。どちらか一方だけが心地いい関係は破綻する。……僕にはそれができなかった。そしてたぶん、これから先もできない。葵がどれだけ大事でも、僕にとっての優先順位は変えられないんだ」

才能がある者故の傲慢さ。

振り回されるのは周囲だけでなく、本人もまたどうにもならないことだと感じた。

洋治にとって、絵を描くのは息をするのと同じくらい生きるのに欠かせないのだろう。

だからと言って彼が常人とはかけ離れた感性を持っているわけではない。大事な人に去られた過去は、心の傷になったはずだ。

しかもその原因が、決して変えられない自身の根幹に関わることであれば、苦しんだのは当然だった。

「――……変えなくて、いいと思います」

「そうしたら僕は無自覚に葵を傷つけることになる。きっと君が爆発するまで、気づきもしないよ。葵の優しさにつけ込んで、君を搾取する。……こんな非道な男に、付き合う必要はないんだ。もっと別の、葵を本当に大事にしてくれる相手を探した方がいい」

自嘲と共に吐き出された言葉は、痛々しかった。

己の非を自覚していても、ままならないことがある。洋治が心に負った傷は、おそらくまだ塞がっていない。彼なりに元婚約者を真剣に愛したはずだから。

それもあって臆病になっているのだと、やっと分かった。

「それでもいいんです。洋治さんは私が自己犠牲に酔っているのかもしれませんが、違います。私だって大概ひどい……だって、貴方が苦しむと分かっていても、絵の世界から逃げないでほしいと願っている。——私自身は距離を取ったのに、洋治さんには真っただ中にいてほしいんです」

自分のエゴであると知って尚、彼が戦い続けることを望んでいた。

結果、描けない洋治がズタズタになったとしても、葵は逃亡を許せないかもしれない。

それは、純粋な愛とは呼べないのではないか。

「私は貴方の創り出す世界を含めて愛している……裏を返せばつまり、もし洋治さんが描くことをやめてしまったら、愛情が半減するという意味でもあります。……こんな利己的な愛情が、献身のはずないじゃありませんか」

多分に自分のためだと吐露して、葵は己の汚さにも向き合った。

芸術家である彼を愛するのは、葵にとってそういうことだ。たとえ洋治が『絵をやめる』と決めても、受け入れられない。

洋治が人生から絵を切り離せないように、葵も彼と彼が生み出す世界を分けられなかった。

「だから、貴方は私を利用していいんです。私も、洋治さんを利用しているんですから」

どこか呆然とした洋治に抱きつき、素肌を密着させた。未だ汗ばんだ肌は、熱を帯びている。

これまで互いに見せまいとしていた裏側を晒して、心のどこかが軽くなる。

至近距離で覗き込んだ瞳には、愛しい人だけが映っていた。

人によっては葵の想いを打算塗れと揶揄するだろう。純真ではない歪なものだと。

けれど洋治の抱える葛藤を僅かでも軽くできるなら、どうでもよかった。おそらく彼には百パーセントの自己犠牲の方が伝わらない。

そんなものよりもエゴを剝き出しにした愛情の方が、彼には理解しやすいはずだ。洋治がそうであるように。

「君は……っ、逞しいな。しなやかで、眩しい。どんな逆境でも前を向ける強さと順応力がある。それでいて自然体だ……僕が惹かれるのは、きっとそういう部分なんだと思う」

くしゃりと顔を歪めた彼が葵を抱きしめ返してくれた。

頭を撫でられ、肩口に触れる吐息が擽ったい。その感触を堪能し、葵はゆっくりと息を吐き出した。

今ようやく、二人の想いが重なった気がする。

これまでどうやっても入れなかった洋治の内面まで、やっと辿り着くことができた。

表も裏も感情の全てを曝け出し、殴り合うようにぶつかって、到達できた場所。

本当の意味で心も身体も一つになっていた。彼の腕の中が自分の居場所だと心底思う。

弾けそうな幸福感を味わい、葵は洋治の顎先にキスをした。髭の感触がほんのりと唇に当たり、数多いる教え子たちと違い、自分は特別な場所に迎え入れられたと実感する。

余所行きではない面を、共に暮らしたことで沢山知ることができた。

けれどまだ全てではないはずだ。

——全部見せ合った気になっていたけれど、私たちはまだお互いに知らないことがあるんだ……

これから一つずつ彼について知っていけることが嬉しい。

至福の思いに微笑めば、洋治が口づけを返してくれた。

「……もう一度、葵を抱きたい。今度は優しく触れさせてくれ」

「大歓迎です。でも……体力は大丈夫ですか？」

年齢によるものか、これまで彼は一晩に何度も求めてくることはなかった。その分一回がとても濃厚ではあったが。

「オジサンでも、一度では治まらない時もある」

やや憮然とした物言いの洋治が可愛くて、葵は小さく噴き出した。すると咎めるように耳を食まれ舐られる。

耳殻に軽く歯を立てられ、コリコリと弄ばれた。耳孔には人差し指を差し込まれて、同時に耳朶をねっとり揉まれる。

「ぁ……っ」

葵の耳が弱いことは、とっくに知られている。

ふぅっと息を吹きかけられれば、もはやなす術なく背筋を震わせるしかなかった。

「や……ぁあっ」

「いやらしいね。どこもかしこも真っ赤になっている。ここも――」

うなじに吸い付かれ、背骨に沿って撫で下ろされた。尻上の際どい場所で止まった彼の指が、淫らな意図を孕んで尾てい骨付近を弄る。

割れ目の奥に指先が侵入しそうになり、葵はビクッと肩を強張らせた。

「そこは……っ、駄目……っ」

「じゃあ今回は見逃してあげる」

優しい口調で『次』の可能性を示唆され、狼狽した。そんなところを弄られるのは嫌なのに、何故か体内が甘く疼く。

何も言えず瞳を揺らせば、乳房の飾りを洋治の舌で転がされた。

「ん……っ」

強めに吸われて、頂がジンと熱を孕む。痛みはたちまち快楽に置き換わり、新たな蜜が脚の付け根に滲むのを感じた。

そこはまだたっぷりと潤っている。彼に触れられれば、濡れた淫音を響かせた。

「……すぐに入れそうだね」

「ぁ、ん……ッ、早く繋がりたいです……ァッ」

強請る気持ちが抑えきれず、葵は膝立ちになって洋治を求めた。彼の楔は既に力を取り戻している。見ているだけで喉が鳴り、思わずにじり寄っていた。

「積極的だな」

「だって……」

胡坐で座る洋治に乗り上げ、蜜穴に肉槍の先端を押し当てる。このまま腰を下ろせば入りそうで、期待感が高まってゆく。

だがびしょ濡れの陰唇から、剛直の切っ先はつるりと逃げた。

「あ……っ？」

何度挑戦してみても、上手くいかない。焦るほど失敗して、葵は涙目で彼を見つめた。

「洋治さん……」

「手を添えないからだよ。ほらこうして……手伝ってあげるから、そのまま腰を下ろせばいい」

彼が自ら扱くように昂ぶりを固定しながら、葵のこめかみに口づけてくれた。

媚肉に、先走りをこぼす先端が据えられる。それだけでも官能が高まって、葵の太腿が戦慄いた。

「あ……ん、ぁあ……」

自分から迎え入れるのはまだ慣れず、主導権を握っている感覚にクラクラした。

速度も深さも、葵の思い通りになる。けれどその分過敏になるせいか、半ばほどまで呑み込んだ時点で動けなくなった。

――イってしまいそう……

中途半端な体勢で停止したため、太腿に負荷がかかる。だがこのまま完全に咥え込むのは少し怖い。

以前も葵が上になり似たような体位にチャレンジしたのだが、これまでにない奥まで到達され、あの時はすぐに音を上げてしまった。

――でも膝立ちに戻る気にもなれない……

呼吸の振動ですら愉悦が生まれる。勇気をもって最後までつき進めば、めくるめく快感を味わえるのは確実だった。

先刻の嵐のように交わるのも嫌ではないが、どうせなら悦楽と幸福を分かち合い、愛していると伝え、彼からも感じ取りたい。その思いが、葵を立ち止まらせていた。

「もう限界？」

「待って。少し時間を……」

「待ってあげたいけど、それよりも君を味わいたい」

「ひゃ……、アッ、あああッ」

肩に置かれた洋治の手に圧が加わり、葵の身体は下へ引き下ろされた。同時に彼が腰を突き上げてくる。ドンッと体内に重い衝撃が響き、一気に串刺しにされた。

「かは……っ」

見開いた視界で、洋治が嫣然と笑っている。

少しだけ意地の悪い男の眼差しに、女の内側が淫らに濡れた。

「辛くない？　葵」

強引に穿っておいて、柔らかく囁くのは矛盾していた。耳朶を食まれながら注がれる労りは、葵の欲望を高める。

彼がそれを理解していないはずはない。何せ葵の全ては、洋治に知り尽くされている。

背中を撫で回されるのも官能的で、葵はヒクつく喉から声を絞り出した。

「……駄目……っ」

「いくらでもあげるよ」

本気の拒絶かそうでないかは、全部見抜かれている。

待ってと言ったのも半分は時間稼ぎにすぎなかった。本音は、少し強引なくらいで奪われたい。それを彼は理解してくれたのだろう。

腰を摑まれ揺さ振られる。上下に葵の身体が跳ねれば、淫蕩な水音が結合部から溢れた。前後に揺れると、洋治の繁みに葵の花芯が擦られる。それが気持ちよくて、いつしか貪欲に腰を振っていた。

「……っ、ぁ、はぁんッ」

汗を飛び散らせながら、いやらしく身体をくねらせる。途中キスを乞えば、彼が叶えてくれた。

弾んだ身体が重力に従って落ちる度、最奥を捏ねられる。自重でいつも以上に深い場所を抉られ、何度も意識が飛びかけた。

半開きになった口の端から唾液がこぼれ、汗も体液も混じり合ってゆく。

二人の上半身を密着させると乳頭が擦られ、それもまた堪らない愉悦に変わった。

「あぁッ……気持ち、いい……洋治、さん……ッ、ぁ、ひッ、ァあっ」

蜜壺が掻き回され、溢れた愛蜜が彼の脚も濡らしていた。この分では、今夜この布団で眠るのは無理だと思う。

さほど寒い時期でなくてよかったと安堵しつつ、葵は淫猥に全身を使った。

自らも貪欲に快感を追い求める。感じる場所に肉槍を導き、洋治も快楽を得てくれるように中を締めつけた。下腹に力を込めれば、彼の形が伝わってくる。

「あああッ」

愛おしく淫靡な造形が己の体内を掻き毟っていると思うと、更なる喜悦が湧き起こった。

「葵、僕に寄りかかって」

「んぅ……ッ、ぁ、やぁ……ッ」

誘われるまま洋治の胸に身を任せ、腰が弓なりになる。すると内部が擦れる部分が僅かに変わり、葵の肌が騒めいた。

「そ、そこ……っ」

「うん。ここを刺激すると、葵はいつも可愛く鳴く」

「ひぃ……っ」

尻を摑まれ小刻みな動きで穿たれれば、生理的な涙が一気に溢れた。

ゾクゾクがとまらない。小さな絶頂感を何度も極めた。

だが終わる気配もなく、もっと大きな波がやってこようとしている。葵の理性を粉々に砕くほどの、快楽の大波が。

「駄目ぇ……っ」

化粧も落としていない顔は、汗と涙でさぞかしひどいことになっているに違いない。

それでも彼は『可愛い』と繰り返してくれた。

頬に口づけられながら突き上げられ、子宮を思い切り揺らされる。

一度男の精を呑み下したそこは、いやらしい悦びを覚えてしまったらしい。すっかり下りてきて、もう一度熱液を注がれたいと強請っていた。

「あ……ぁ、あ、んぁあッ」

「葵……っ」

「イク……っ、イッちゃう……っ」

「いいよ。いやらしい顔も全部見てあげる」

ぐちゅぐちゅとひっきりなしに淫音が奏でられる。あと少しで最高の法悦を味わえる予感に抗わず、自らも積極的に動いた。

交じり合って一つになる。同じ律動を刻み心音が重なり合う。

それでも自分一人が押し上げられるのが嫌で、葵は絶え絶えの息の下から言葉を紡いだ。

「……洋治さんも一緒に……っ」

同時にイけたら幸せだ。二人の人生の終わりは別々になるとしても、今は息を合わせることができる。それなら一人だけ達してしまうのは勿体ない気がした。

「本当に可愛いお願いだ」

微笑んだ彼が葵に口づけてくれ、吐息が肌を掠め、鼓動が揃う。胸を密着させれば内側からの振動がより鮮明に感じられた。

同じ速さで愉悦の階段を駆け上がる。放り出された瞬間は、同時だった。

「あ――ァあああッ」

「……ッ」

一度目よりは少ない量の白濁が葵の内側を濡らした。

沁み込む熱が、もう一段深い快楽をもたらす。喜悦が乱反射し、眩く散る。

爪先まで走る悦楽が、葵の全身を痙攣させた。

「……ぁ、あ……」

固く抱き合い、縺れて布団に倒れ込んだのは直後だった。けれど葵の後頭部には洋治の手が添えられていたおかげで、打ちつけることはない。

それでも息を乱し疲れ果てた彼が、珍しく伸しかかってくる。その重みを甘受し、葵は洋治を抱きしめ返した。

「一緒にイケましたね……」

「……葵の願いは叶えてあげたいけれど、次回からあまりオジサンに無理は言わないように……」

ゼイゼイと荒い呼吸を繰り返す、汗まみれの彼が愛おしい。悪戯心が芽生え、葵は洋治のこめかみに唇を押しつけた。

「頑張って体力をつけてください」

「言ってくれるな。後悔させるよ？」

「望むところです」

軽口を叩き合って、彼が葵の隣で仰向けに転がり顔だけこちらに向けてくる。目が合えば、互いに微笑まずにはいられなかった。

「言質は取ったぞ」

「こっちの台詞です。私のために努力してください」

今の自分はまだまだ洋治に敵わない。人としての深みも、経験も遠く及ばない。それでも、対等に扱ってもらえるのが嬉しい。何気ないやり取りは、二人の間に上下関係がない証明だ。

もう背中を見続けることはないのだと心の底から思う。

彼にとって自分は『大勢いる教え子の一人』ではなくなったことが、実感できた。

「……大好きです、洋治さん」

「僕も葵が好きだ。これからも……傍にいてほしい」

「勿論です。今更嫌だと言われても、居座りますよ」

もはや二人の間に隠し事はないと葵の胸に落ちる。だが次の瞬間、『淡いピンクの手紙』を思い出さずにはいられなかった。

こちらの表情が強張ったことに、彼は気づいたのだろう。この距離で見つめ合っているのだから、当然かもしれない。そもそも洋治は葵の機微に敏感なところがある。

後ろめたさで挙動不審になったのを、彼が見逃すはずがなかった。

「どうした？　何か気になることでも？」

「え、ぁ、いいえ……」

何でもないと突っぱねるのは不可能ではない。けれど今打ち明けねば、永遠に罪悪感に苛まれることも分かっていた。

秘密を抱え素知らぬ顔ができるほど、葵は強かでも図太くもない。

猪突猛進なところはあっても、それはあくまでも他人を踏みつけにしない範囲の話だ。

悩んだのは数秒。

結局は正直に全て話すことを決めた。

「……洋治さんの元婚約者の女性から、手紙が来ていました」

「え？　彼女から？」

意外だと言わんばかりの彼の様子に、どこかホッとしている自分がいる。

洋治が喜んでいるようにも、『またか』という反応にも見えなかったためだ。彼の表情には純粋な疑問だけがあった。

「急にどうして……いや、葵に聞いても分からないよな。その手紙は今どこに？」

「……私が部屋に隠しています」

「……」

洋治が虚を突かれたように瞳を丸くする。責められると思い、葵は咄嗟に身を硬くした。怒られるだろうか。それとも呆れられるか。せっかく想いが通じ合ったばかりなのに、自分の愚かさが胸に痛い。

やはり疚しいことはするものではないと深く悔やんでいると。

「ふ……ははは ッ、君がそんなことを？　ひょっとして妬いてくれたのか？」

欠片も気分を害した様子はなく、彼はおかしくて堪らないとばかりに破顔した。しかも腹を抱えて笑い続ける。目尻には、涙まで滲んでいた。

「お、怒らないんですか……？」

「怒る？　何故？　僕なんて親切な後輩の青年に理不尽な嫉妬をして、君の言葉に耳を傾けずあんな真似をしたのに。どの面下げて？」

言われてみれば、その件に関して悪かったのは明らかに洋治の方だ。

それでも葵は不快には感じなかった。彼が嫉妬してくれたのは分かったし、それだけ自分へ執着してくれたことが単純に嬉しかったせいだ。

――え？　つまり、洋治さんも同じなの……？

葵の行動を許すだけでなく、肯定的に捉えてくれたとしたら。

「……っ」

ギュッと胸が締めつけられる。喜びと恥ずかしさが一緒に込み上げた。

「で、でも大事な連絡があったのかもしれないのに……」

「それなら、直接会いに来るんじゃないか。彼女はここに何度も来たことはあるし、大学を通したっていいはずだ」

「……別れた相手に会うのを躊躇ったのかもしれません……」

「その可能性もなくはないけど、彼女はそういうタイプじゃなくもっとサッパリした性格だよ。逆に別れた相手にはもう何の感情もないと思う」

随分元婚約者についてよく知っているのだと思うと、胸が焦げ付いた。

しかしある意味当然なので仕方ない。何せ一度は結婚しようとした人。どういう性格なのかは、熟知していて当たり前だった。

「あの、とにかく手紙を持ってきますね」

葵はひとまず脱ぎ捨てたシャツを羽織ると、自分が寝起きしている部屋から隠した封筒を持って戻ってきた。その間に洋治も下だけスウェットを身に着けたらしい。

すっかり皺だらけになってしまった手紙は、封がされたまま。

おずおずと差し出せば、彼が事もなげに受け取った。

「……私はシャワーを浴びてきますね」

手紙を読む彼を邪魔することはできない。それよりもかつての恋人からの手紙を、洋治がどんな顔で開封するのか見たくなかった。

手紙の内容如何によっては、葵が傷つく恐れもある。

彼は復縁について微塵も考えていないようだが、万が一の可能性は捨てきれなかった。

とても見届ける勇気はなく、葵は腰を上げる。その時。

「ここにいなさい。一緒に読もう」

「え……」

「僕は過去の恋人よりも、今の葵の気持ちを優先したい。君が不安や不快に感じる真似をする気はないよ」

きっぱりと洋治の優先順位を宣言され、驚いた。

子どもじみていると言われても仕方ないような嫉妬心を、彼は丁寧に掬い上げてくれた。

葵が嫌な気持ちになったことを否定もしない。

ただ手招きし、自らの隣を指し示しただけ。

「座って。もし手紙の内容が葵の納得いかないものであったら、どうすればいいか一緒に考えてほしい。無視してもいいし、捨ててもいい。勿論、二度と連絡しないでくれと僕が彼女に伝えてもいい」

「そんな……」

洋治は、大事なのは葵の気持ちだと明言してくれた。その言葉に勇気を得る。

すっかり尻込みしていた気持ちは払拭され、葵は彼の隣にちょこんと腰を下ろすことができた。

淡いピンクの封筒が開かれる。

中から出てきたのは便箋が二枚。そちらも同じ花の絵があしらわれていた。

——綺麗な字……

几帳面そうな文字がまず目に入る。葵にも見えやすいように洋治が便箋を広げてくれた。

罫線に並ぶ文章へそっと視線を走らせれば。

——『突然のお手紙を失礼します。メールか電話でもと思いましたが、別れた際にアドレスはSNSのアカウント含め全て消去したので、ご自宅の住所しか分かりませんでした。ですからご容赦ください』——

そんな文面で始まる手紙には、お世辞にも艶めいた雰囲気は一切ない。どちらかと言えばビジネスライク、他人行儀とも思えるものだった。

——な、何か随分サッパリしているというか……かつて付き合っていたとは思えないような？

そのことに少なからずホッとして、葵は続きを読み進める。

──『さて、昔話をする気もないので早速本題に入らせていただきますが、先日私の夫が一枚の絵を購入しました。どうやらたまたま目にして、一目惚れしたそうです。私としては高価なものを衝動買いするなんてと怒りも湧きましたけれど、当の絵を見て驚きました。武藤さんの絵だったからです』──

「え……」

何という偶然。

──もしかして伊佐木さんが言っていた個展を見た購入希望者って……それに元婚約者さん、ご結婚されていたんだ……

現金にもますます気持ちが軽くなる。葵が案じていたような展開にはなり得ない気がした。

──『今も変わらず描いていらしたんですね。婚約解消をした時、正直かなりひどいことを言ってしまったので、私のせいで絵筆を置いたらどうしようと気にしていました。そんな心配は無用だったようで心底安堵しております。私が武藤さんに影響を及ぼせるなんて、よく考えれば思い上がりも甚だしい。この度の手紙は、そのことを伝えたかっただけです。以前よりもご活躍されているそうで、心よりお慶び申し上げます。それでは。──これからも素敵な作品を創り続けてください』──

皮肉たっぷりの言葉の最後に、そっと添えられた一文がおそらく彼女が一番伝えたかった部分かもしれない。

色々あって別離を選んでも、憎みきれない人。

同じ男性を愛した者として、葵には何となく分かった。

ただ彼女は見届けたいとは願わなかっただけ。そこが自分たちを大きく隔てたのだと思う。

武藤洋治という画家の隣で生きるか、それとも別の道を歩むか。

どちらも間違っていないし、己の選択に誇りを持っていい。誰に強制されたのでもなく、自ら選択したことだから。

嫉妬で焦げていた心は、今や穏やかに凪いでいた。

「……何だか、かっこいい方ですね」

「ああ。昔から信じた道を真っすぐ行く人だった。尊敬していたよ」

過去形で語ったのは、葵に気遣ってくれたのだと伝わってくる。終わった関係だと言外に滲んでいた。

「……幸せみたいで、安心した」

心底本音だと思える口調で吐き出し、洋治は丁寧に便箋を折り畳んだ。そしてちらりとこちらを窺う。処分すべきかどうか、瞳で葵に問いかけていた。

「……大事に取っておいてください。だって顧客になってくれるかもしれませんよ？　洋治さんの絵が好きな方を蔑ろにはできません」

「やっぱり、君は逞しいな」

満面の笑みで彼が感慨深く言う。それがおかしくて、葵も笑った。

「どうやら洋治さんは、強い女が好きみたい」

「否定はできないな」

二人きりの家の中で、朗らかな笑い声がいつまでも響いた。

エピローグ

完成した絵を最初に見てほしい相手は決まっている。

ようやく納得のいく仕上がりになった作品の前まで、洋治は葵の手を引いた。

「……目を開けていいよ」

耳元で囁けば、彼女がゆっくり瞼を上げる。そして、大きく瞳を見開いた。

「……すごい……っ」

描かれているのは、裸婦像。勿論モデルは葵だ。

絵画に閉じ込められた彼女は、挑むような眼差しを真っすぐ正面へ据えていた。その双眸には様々な色が宿る。

見る者によって印象は変わるはずだ。

ある者にとっては憤りにも、またある者にとっては挑発とも。さもなければ不安を糊塗するための虚勢と解釈する者もいるかもしれない。

だが自分にとっては、揺るぎない『愛情』が感じ取れた。

「わ、私こんなに綺麗ですか……？」

「僕には最高に美しく見える。だからその通りに描いた」

滑らかな素肌も、しなやかな手足も、艶やかな髪の香りも全部、しっかり捉えられたと思う。我ながら強い手ごたえは感じていた。

一心不乱に筆を走らせ、数か月。

今の自分にできる表現の全てを込め、愛しい女を描きあげた。その達成感に酔いしれつつ、洋治は隣に立つ葵の肩を抱いた。

「……洋治さんの新作をこの目で見られて、本当に嬉しいです。ああ、語彙力が足りなくて何て言えばいいのか分かりませんけど、ずっと見ていたくなる……」

涙ぐんだ彼女が声を震わせる。こんなにも自分が画家として復活することを待ち望んでくれた人がいるのだと思えば、こちらも目頭が熱くなった。

伊佐木に発破をかけられるのとも違う。心の底から、絵筆を置かずによかったと感じた。

「……でもちょっと恥ずかしいですね。流石に自分の裸を色々な人に見られるのは……」

「これを発表する気はないよ」

「えッ」

頬を赤らめていた葵が驚きの声を上げる。如何にも『信じられない』と言いたげに洋治を見つめてきた。

「せっかく完成させたのに？」

「絵を描くことへの情熱は取り戻せた。むしろ前よりも、描きたいものは溢れている。依頼もぼちぼちきているしね。だからこれは、葵に受け取ってほしい」

「私に……？　でも——」

「できれば、これと一緒に」

おもむろに差し出したものは、小さな箱。その中に鎮座する指輪を見て、彼女は掠れた息を漏らした。

宝飾店に入ったのは人生で二度目。だが前回は元婚約者に半ば引き摺られて行った。今思えば、随分と不誠実で受け身だったと思う。反省している。

その自責の念も込め、今回は自分なりに下調べをして入念に選び抜いたつもりだ。

シンプルな一粒ダイヤ。引っかかりが少ないよう、高さはあまりない。拘ったのは、アームの部分に施されたミルグレインだった。

ややアンティークに見えながら、現代風にアレンジもされている。きっと葵の指を彩ってくれると思えば、自然と笑みが浮かんだ。

「……洋治さん、これって……」

「結婚してほしい」

「……っ」

葵が勢いよく顔を上げる。みるみるうちに溢れる涙が、答え同然だった。

「私で、いいんですか……？」

「僕の人生に誰より影響を及ぼすのは君だ。むしろ他には誰もいないよ」

偽りなく本心だ。

これから先もきっと彼女の存在が大きいに違いない。葵というミューズがいなければ、再び描けなくなる可能性が高い。情熱も気力も失うのは、目に見えていた。

「だからどうか、一生傍にいてほしい。――僕が死んでも」

「……喜んで。死んでも離れてあげません。私は一生洋治さんの傍にいます」

呪いめいた愛を囁き合って、それでも幸福を噛み締めた。

葵の左手薬指に指輪を嵌め、抱きしめ合う。決して広くはないアトリエの中が、二人の楽園だった。

「愛している」

「私も……っ、洋治さんを愛しています」

きっとこの先自分が彼女と共に過ごせる時間は、葵と同年代の男と比べればずっと短い。

それでも彼女を手放したくはなかった。

だからこそ、有り余る幸福を築こうと思う。

濃く短く。愛し合って自分たちなりの正解を探し続ければいい。仮に誤っても年齢差のせいにはしない。

そうでなければこうして出会い、惹かれ合った意味がないと思った。

傍から見れば歪に見える関係でも、互いにとってはかけがえのないもの。それなら二人の努力で築いてゆく。その点は他の『普通』の恋人同士と変わらない。

唯一の愛しい人を抱きしめて、洋治は穏やかに笑った。

するど、腕の中で恋人が僅かに身じろぐ。

「――……どうしよう、洋治さん」

「うん？」

不意に葵が困った顔をしたので、こちらも戸惑う。首を傾げて続きを促せば、彼女は言い難げに口籠った後、意を決した様子で洋治を見つめてきた。

「……したくなっちゃった」

「えッ」

何を、とは聞くまでもない。艶めかしく頬を染め瞳を潤ませた彼女の言わんとしていることは明らかだった。

「積極的だな……」

「だ、だって、洋治さんが私をこんなふうに見てくれているんだと思ったら……」

とはいえ、まさか昼間から誘惑されるとは予想外で、若干動揺する。葵自身自らの欲求を恥じている雰囲気もあった。

しかし、言わずにはいられなかったのだろう。

「……でも洋治さんはこのところ睡眠時間を削って創作に没頭していたから、無理ですよね。身体を壊したら大変だし」

「それは僕を年寄りだと見做し、気を使ってくれているのかな？」

だとしたら、聞き捨てならない。

年下の恋人の手前、見栄を張りたいのも相まって、洋治は片眉を吊り上げた。

「……前に洋治さん、私のために体力をつけてくれるっておっしゃっていましたよね？そろそろ成果を披露してくれてもいいかなって思います」

小悪魔めいたことを言う彼女が小憎らしくもあり、それ以上に愛おしい。

不器用な誘い方が可愛くて、噴き出した後に葵の額に口づけた。

「では、成果を確認してもらおうか」

「……駄目だったら、本当に無理はやめてくださいね？」

自分から仕掛けておいて、いざこちらがその気になれば、葵は洋治のことを心配してくれるらしい。

　やや天邪鬼な恋人を抱き寄せ、洋治は彼女の髪の香りを吸い込んだ。

「部屋に行く？　それともここで？」

「ん……っ、こ、ここで」

　薄々気づいていたが、葵はアトリエで抱かれるのが好きなようだ。練習用のデッサンも含めれば沢山の彼女を描いた絵に囲まれ乱れる様は、こちらの興奮も助長する。

　だから、洋治にも否やはなかった。

　服を脱がせ合いながらキスをして、二人長椅子に倒れ込む。既に熱くなり始めた肌を弄れば、すぐに互いに準備が整ってしまった。

　急く気持ちをどうにか宥め、戯れながら愛情を伝え合う。

　唇と舌で。指先や言葉でも。

　けれどあっという間に物足りなくなり、直接的な刺激を求め、手足を絡ませ合った。

「……洋治、さん……っ、早く……」

「そんなに焦らなくても、全部葵にあげるよ」

　涙目で懇願する彼女に余裕ぶって返し、辛うじて年長者としての体面は保てたように思う。本当は、今すぐにでも葵の内側に入り込みたいのを、理性で落ち着かせた。

　彼女の蕩けた花弁に己の剛直の先端を押し当てただけで、脳髄まで官能が走る。

　まるで覚えたてのガキだと自分を嘲笑しながらも、抗えない悦楽に肌が粟立った。

「ん……んんッ」

殊更ゆっくり腰を進め、葵の内側を擦ってゆく。彼女の反応を欠片も見逃すまいとじっと見つめ、僅かな表情の変化も取りこぼさないように。

——ああ……描きたい……

自分だけが見ることを許された葵の姿に刺激され、創作欲が膨れ上がった。

白から桃に染まる肌の色も、汗に濡れた質感も、半開きになった唇の戦慄きも、甘い声も全部。何もかもが洋治の情緒を揺さ振ってくる。

それらを纏めてキャンバスにぶつけられたら、どれだけ楽しいことか。

仮に葵がモデルではなくても、今の興奮を表現したくて堪らない。

——だがその前に——

いつも想定外の言動をする可愛い恋人を満たす方が重要だと思った。

そうすれば、より今後の創作が捗る。尽きない情熱が、自分の中で湧き上がるのがはっきり感じられた。

洋治にとって、葵はあらゆる源泉。彼女の存在が描きたい衝動を豊かにもするし、摘み取ることもある。

ある意味劇薬や麻薬同然の危険な代物。だが一度摂取してしまえば、二度と断つことができない唯一無二のものでもあった。

「……ぁ、先生……っ」

「また先生と呼んだね。罰を与えられたいのかな」

葵は今でも悪戯に洋治を『先生』と呼ぶことがある。おそらく感極まった時やこちらを挑発したい時にこぼれるのだろう。

捻くれた誘いを断る理由もなく、洋治は愛情を込めたキスをしながら、緩やかに動き始めた。

「んぁ……ッ、ぁ、あ」

彼女の内側が甘く蕩け、痛いくらいに洋治のものを締めつけてくる。絡みつく蜜襞を引き剝がすように腰を振れば、葵の双眸が快楽に染まった。

「……ぁッ、い、いい……っ」

ぎゅっとしがみ付いてくる手足が『もっと』と強請ってくれている気がする。

明日の予定や世間体も全部忘れて、彼女にだけ溺れていたい。そう強く思うよりも激しく、この狂おしい情熱をどう表現すべきかを頭の片隅で考えた。

喘ぐ葵の悦ぶ場所を突き上げて身悶える様を観察し、掠れた嬌声に耳を傾ける。

穿つ度に力が籠る腕の温もり、揺れる肢体。汗の匂いと滾る吐息。

艶めかしい全てを絵に閉じ込めてみたかった。

「……洋治、さん……っ、ぁ、ああっ」

愛する女を腕に抱きながらも、つい別のことを考えていた洋治の意識を葵が一言で引き戻した。

彼女はおそらく、こんな状況でも恋人が自分以外のことで頭がいっぱいになりかけていたことに気がついている。

だが怒るのではなく、嫣然と微笑んでくれた。

「……ちゃんと私を見て。そして描いて」

随分年下の恋人は、洋治の扱い方を熟知している。

そんなことを言われれば、自分は葵に夢中になるしかない。この後にどうやって彼女の美しさや淫らさ、触れ合うことで感じる愛情を表現しようか真剣に考えれば考えるほど、余所見をしている場合ではなかった。

「……勿論。君の望むまま」

「……ゃ、あ……んんッ」

蜜壺を掻き回しながら花芯を探れば、葵の内側が如実に収斂する。

艶声から余裕は一切なくなり、忙しい喘ぎのみに変わった。

愛しているなんて言葉だけではとても足りない気持ちが昂る。

己の内側に燻ぶるのは、もっと苛烈で強欲な感情だった。本当なら洋治自身知らぬままで終わるはずだったものに、火をつけたのは彼女だ。

――だから責任を取ってもらおう。

自分がこの世を去った後も、描いた絵は残る。

己の情念の結晶とも言うべき作品で彼女の周りを固めれば、葵はきっと洋治を忘れられない。一生囚われ続けるのが、容易に想像できた。

――他の男が近づく隙もないように。

惚れた女の幸せを願えない、利己的で貪欲な自身の本性にはうんざりする。

だがこんな洋治でも、彼女は受け入れてくれると思った。

「……ぁ……ああぁッ」

ビクッと痙攣した葵を抱きしめ、最奥を剛直で抉じ開ける。

互いの身体と呼吸が完全に重なる。何よりも、想いが。

達した葵の内側に精を放ち、洋治は望む全てを手に入れた至福に酔いしれた。

あとがき

初めましての方も、そうでない方もこんにちは。山野辺(やまのべ)りりです。

今回、年の差恋愛ということでじっくり大人の空気感を出したいなと思いました。そこで『見る』という行為をどこまで官能的に書けるかに挑戦してみました。

触れもせず視線が絡むこと、真剣に凝視されること等、ある意味普通の出来事にドキドキしていただけたら、嬉しいです。

イラストは八美(はちび)☆わん先生です。表紙、改めてご覧くださいませ。大人の男性の色気と火傷しそうな悪さと理性のせめぎ合いが最高です。セピアカラーも素敵。これはヒロイン、忘れられない恋になって当然では？

この本の完成に携わってくださった、全ての方々に感謝を。本当にありがとうございます。

いつも土下座の勢いで頭を下げたい心地です。

そして最後にこの本を手にとって下さった読者様へ。あとがきを読まない方もいらっしゃるかもしれませんが、届いてほしい感謝の気持ち。

心の底からありがとうございます！　またどこかでお会いできることを祈って！

年の差溺愛 おじさま教授のみだらな独占欲

オパール文庫をお買い上げいただき、ありがとうございます。
この作品を読んでのご意見・ご感想をお待ちしております。

ファンレターの宛先
〒102-0072　東京都千代田区飯田橋3-3-1
プランタン出版　オパール文庫編集部気付
山野辺りり先生係／八美☆わん先生係

オパール文庫 Webサイト
https://opal.l-ecrin.jp/

著　者――**山野辺りり**（やまのべ りり）
挿　絵――**八美☆わん**（はちぴす わん）
発　行――**プランタン出版**
発　売――**フランス書院**
〒102-0072　東京都千代田区飯田橋3-3-1
電話（営業）03-5226-5744
　　（編集）03-5226-5742
印　刷――誠宏印刷
製　本――若林製本工場

ISBN978-4-8296-5514-6 C0193

ⓒRIRI YAMANOBE, WAN HACHIPISU Printed in Japan.
＊本書のコピー、スキャン、デジタル化等の無断複製は著作権法上での例外を除き禁じられています。本書を代行業者等の第三者に依頼してスキャンやデジタル化することは、たとえ個人や家庭内の利用であっても著作権法上認められておりません。
＊落丁・乱丁本は当社営業部宛にお送りください。お取り替えいたします。
＊定価・発売日はカバーに表示してあります。

Opal Label オパール文庫

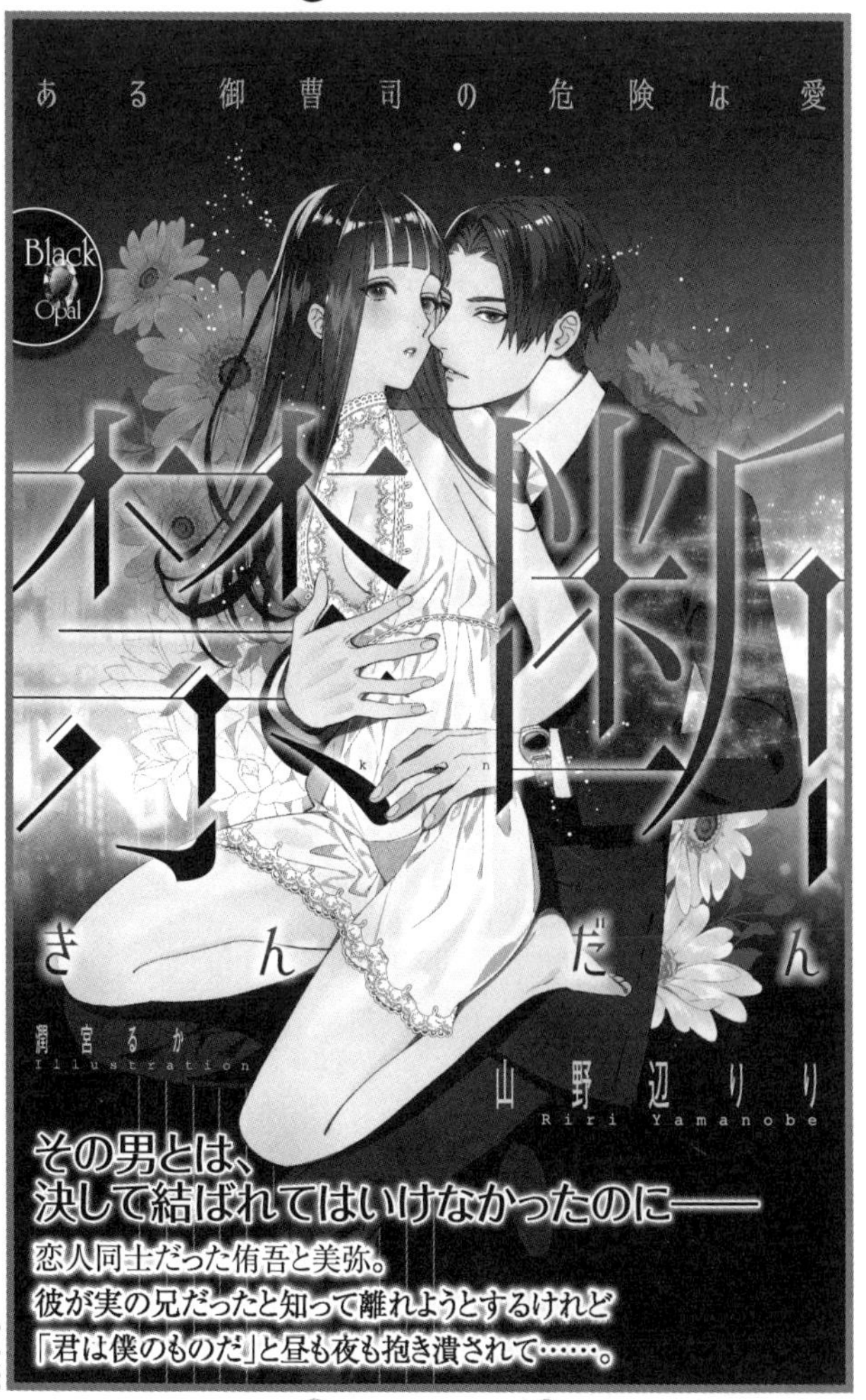

Op3483

好評発売中!

Opal Label オパール文庫

Op8473

好評発売中!

Opal Label オパール文庫

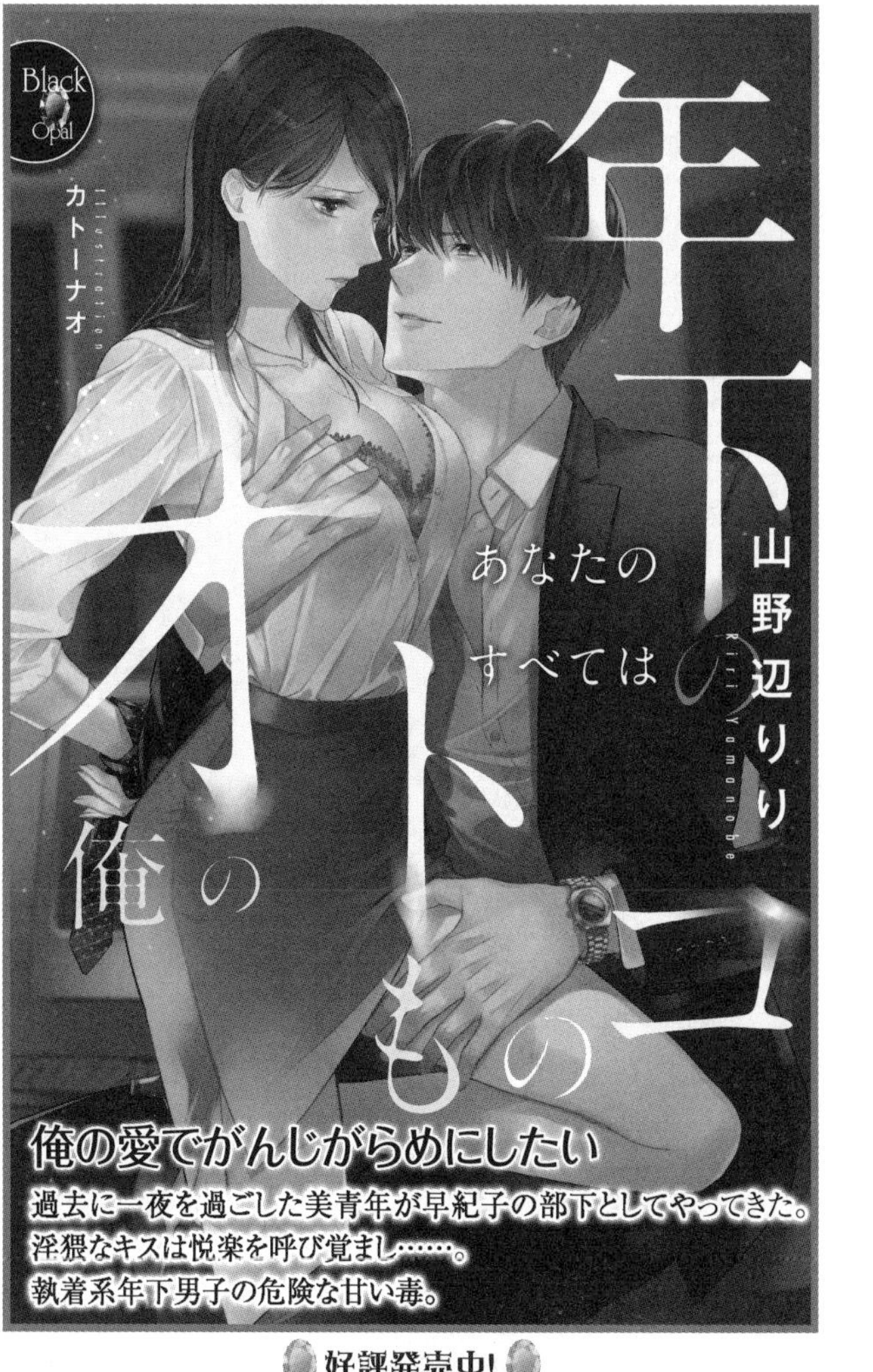

Black Opal

年下オトコ
あなたのすべては俺のもの

山野辺りり
Riri Yamanobe

Illustration カトーナオ

俺の愛でがんじがらめにしたい
過去に一夜を過ごした美青年が早紀子の部下としてやってきた。
淫猥なキスは悦楽を呼び覚まし……。
執着系年下男子の危険な甘い毒。

Op8452

好評発売中!